共和国的历程

新年攻势

志愿军发起第三次战役

刘 亮 编写

蓝天出版社 吉林出版集团有限责任公司

图书在版编目（CIP）数据

新年攻势：志愿军发起第三次战役 / 刘亮编写.
—北京：蓝天出版社，2014.1（2023.3重印）
（共和国的历程）
ISBN 978-7-5094-1085-1

Ⅰ．①新… Ⅱ．①刘… Ⅲ．①革命故事－作品集－中国－当代 Ⅳ.
①I247．8

中国版本图书馆 CIP 数据核字（2013）第 305446 号

新年攻势——志愿军发起第三次战役

编　　写：刘　亮
策　　划：金永吉　荆忠峰
责任编辑：祖　航　孔庆春
出版发行：蓝天出版社　吉林出版集团有限责任公司
地　　址：北京市复兴路 14 号
邮　　编：100843
电　　话：010—66983715
经　　销：全国新华书店
印　　刷：北京柏玉景印刷制品有限公司
开　　本：710mm×1000mm　1/16
字　　数：69 千
印　　张：8
版　　次：2014 年 4 月第 1 版
印　　次：2023 年 3 月第 3 次
定　　价：29.80 元

前　言

中华人民共和国自 1949 年 10 月 1 日成立以来，已走过了六十多年的风雨历程。历史是一面镜子，我们可以从多视角、多侧面对其进行解读。然而有一点是可以肯定的，那就是，半个多世纪以来，在中国共产党的领导下，中国的政治、经济、军事、外交、文化、教育、科技、社会、民生等领域，都发生了深刻的变化，中国人民站起来了，中华民族已屹立于世界民族之林。

这段时间放到整个历史长河中是短暂的，有如弹指一挥间，但它带给中国的却是极不平凡的。六十多年里神州大地经历了沧桑巨变。从开国大典到 60 年国庆盛典，从经济战线上的三大战役到经济总量居世界前列，从对农业、手工业、资本主义工商业的三大改造到社会主义市场经济体制的基本确立，从宜将剩勇追穷寇到建立了强大的国防军，从废除一切不平等条约到独立自主的和平外交政策，从"双百"方针到体制改革后的文化事业欣欣向荣，从扫除文盲到实施科教兴国战略建设新型国家，从翻身解放到实现小康社会，凡此种种，中国人民在每个领域无不留下发展的足迹，写就不朽的诗篇。

六十几年在历史的长河中犹如沧海一粟，但对身处其间的个人却是并非无足轻重的。其间究竟发生了些什么，怎样发生的，过程怎样，结果如何，非人人都清楚知道的。对此，亲身经历者或可鲜活如昨，但对后来者却可能只是一个概念，对某段历史的记忆影像或不存在或是模糊的。基于此，为了让年轻人，特别是青少年永远铭记共和国这段不朽的历史，我们推出了这套《共和国的历程》。

《共和国的历程》虽为故事形式，但与戏说无关，我们是想借助通俗、富于感染力的文字记录这段历史。这套丛书汇集了在共和国历史上具有深刻影响的重大历史事件。在丛书的谋篇布局上，我们尽量选取各个时代具有代表性的或深具普遍意义的若干事件加以叙述，使其能反映共和国发展的全景和脉络。为了使题目的设置不至于因大而空，我们着眼于每一重大历史事件的缘起、过程、结局、时间、地点、人物等，抓住点滴和些许小事，力求通透。

历史是复杂的，事态的发展因素也是多方面的。由于叙述者的视角、文化构成不同，对事件的认知或有不足，但这不会影响我们对整个历史事件的判断和思考，至于它能否清晰地表达出我们编辑这套书的本意，那只能交给读者去评判了。

这套丛书可谓是一部书写红色记忆的读物，它对于了解共和国的历史、中国共产党的英明领导和中国人民的伟大实践都是不可或缺的。同时，这套丛书又是一套普及性读物，既针对重点阅读人群，也适宜在全民中推广。相信它必将在我国开展的全民阅读活动中发挥大的作用，成为装备中小学图书馆、农家书屋、社区书屋、机关及企事业单位职工图书室、连队图书室等的重点选择对象。

编　者

2014 年 1 月

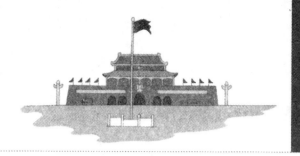

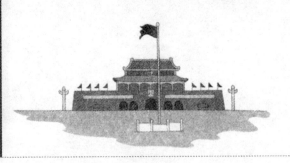

目 录

一、军委决定

● 毛泽东高兴地挥了挥手说："事实证明，我们不仅可与美军交战，而且能战而胜之，看来原来的担心不必要了。"

● 毛泽东用手指在地图上的"三八线"附近轻轻地抹了一下，似乎要把这条线擦去。

● 毛泽东指出了此战役的必要性："美英正在利用'三八线'在人们心中存在的旧印象，进行其政治宣传，并企图迫我停战，故我军此时越过'三八线'再打一仗，然后进行休整，是必要的……"

中朝领导人北京会面

1950 年 12 月 3 日晚上，在北京中南海丰泽园菊香书屋里，毛泽东会见了朝鲜最高领导人金日成。

参加会见的还有周恩来等人。

此时，朝鲜第二次战役胜利发展，捷报频传，志愿军和朝鲜人民军取得了意料之外的巨大胜利。

中国人民志愿军在朝鲜劳动党和金日成的请求下，由彭德怀率军赴朝参战，短短一个多月，就打了两个战役，把逼近鸭绿江边的"联合国军"打回了清川江以南，并乘胜前进，收复了"三八线"以北的土地。

捷报频传之际，毛泽东舒展了眉头，他对战局的胜利发展充满了信心。

为了明确战争的前途和结果，解决两次战役以来出现的诸多问题，中朝两国元首决定进行一次面对面的会谈。

金日成先由朝鲜到达沈阳，又同高岗一起来京与毛泽东会见。在等待金日成到来的时候，毛泽东已与周恩来就朝鲜战局的发展交换了意见。

会谈开始时，毛泽东对金日成说："原先我一直担心两个问题，一是志愿军过江后能不能在朝鲜站住脚，经过第一次战役，这个问题解决了；二是靠现有的装备，能不能和装备现代化的美军交战，交战后能不能取得胜利。现在这个问题也解决了。"

说到这里，毛泽东高兴地挥了挥手说：

事实证明，我们不仅可与美军交战，而且能战而胜之，看来原来的担心不必要了。

满面笑容的金日成说："我首先代表朝鲜劳动党和朝鲜人民向中国共产党和中国人民的无私援助表示衷心的感谢！感谢你们派出了中国人民的最优秀的儿女，特别感谢你们派出功勋卓著的彭德怀将军，帮助我们打击美国侵略者。朝鲜人民将世世代代牢记中国人民的深情厚谊。是你们，在我们最困难的时候，给予了最有力的支援和帮助！"

毛泽东笑着说："我们一家人不要说两家话。我们两党、两国人民是相互支持，相互援助的。目前，战争虽未结束，但胜利已不是空中楼阁。下一步将如何办，是需要我们好好研究的。"

"我也正是为了这一目的而来的。"金日成显得有些担忧。

金日成接着说："11 月 30 日，美国总统杜鲁门在记者招待会上宣称，在朝鲜战场不排除使用原子弹的可能。这一消息在全世界各方面引起了恐慌和严重抗议。不知毛主席对此有何看法？"

军委决定

毛泽东轻蔑地笑了笑，说："这是一种恫吓，是赤裸裸的核讹诈。不要说苏联已经掌握了核武器，杜鲁门不敢冒险打一场原子战争，就是像对付日本一样，也在朝鲜投原子弹，那杜鲁门也没有义务事先通知对方，让对方先做做准备呀！说来说去，杜鲁门这种做法的实质就是威胁与恐吓。"

毛泽东抽了一口烟，坚定地说："那么中国共产党人会不会被杜鲁门吓住呢？不会的！今天的中国人民，已经是在先进阶级的领导下站起来了的人民，她不会再屈服任何外来的压力。"

说到这里，毛泽东凝视着金日成说："具体到朝鲜战场嘛，既然美国敢于诉诸武力，那么中国志愿军就奉陪到底。打了一次战役、二次战役，胜利了，但还不够，还要接着打。你敢越过'三八线'北进，那我为什么不能跨过'三八线'南进？"

"我完全同意毛主席的看法，应当乘胜前进。"金日成兴奋地称赞道，"中国志愿军打得很英勇，这次歼敌 3.6 万人，其中美军就有 2.4 万人，这是一个了不起的胜利！"

这时，周恩来插话道："斯大林同志看到二次战役的情况通报，得知我军三所里、龙源里、松骨峰阻击战的悲壮惨烈，他流泪了。他称赞这是一支伟大的军队。"

毛泽东说："这就是中国先进阶级的军队，当她明确自己肩负的使命后，必然是一往无前的！战士们是为祖国、为人民而战。靠的是一股气，一股革命的正气。我看志愿军打败美军，靠的就是这股气。美军就不行，他们钢多气少，你看呢？金日成同志！"

"对，志愿军武器装备差，还是打败了美军，靠的是革命精神和无畏的气概。"金日成说，"当然，还有毛主席和彭德怀司令员的正确领导，这也是至为重要的。"

周恩来对金日成说："关于中朝两国军队如何协调统一指挥的问题，彭德怀同志几次来电询问。我看这个问题应该尽快解决好。"

"是啊，一个战场应统一将令，这样有利于作战。"高岗也赞同道，"上次我到朝鲜，彭总说，由于中朝军队指挥不统一，时常发生误会。"

毛泽东说："这个问题要立即解决，虽是误会，也等于是犯罪。应该建立中朝军队的统一指挥部。"

"是的。"金日成点头说，"关于统一指挥问题，我的意见是，中国志愿军作战经验丰富，若组成中朝联合军司令部，应由中国同志为正，朝鲜同志为副。这个意见劳动党政治局讨论过，已经同意。"

"啊，那我们就当仁不让啦！"毛泽东说，"我们这方面准备推出彭德怀同志任联合军队的司令员兼政委，你们看如何？"

"很好。"金日成说，"我们这方面，劳动党政治局决定让金雄同志担任副司令员，朴一禹同志为副政委。"

"那好嘛！"毛泽东、周恩来连连点头。双方很快就

军委决定

这个问题达成了协议。

周恩来一边端起茶杯一边说："以后，联合司令部的命令由彭、金、朴三人签署，统一战场指挥。"周恩来稍微停了一下，喝了一口茶又说："不过，后方的动员、训练、军政、警备等事宜仍需由朝鲜政府直接管辖，联合司令部可以向后方提出要求和建议。"

高岗建议说："铁路运输和抢修与战争关系密切，应该归联合司令部指挥。"

毛泽东说："联合军队司令部，我看应该是有内有外，有合有分。联合军队司令部对外不公开为宜，仅对内行文用之；另外，联合军队司令部仍分两个机构：一个是中国人民志愿军司令部，一个是朝鲜人民军参谋部，合驻一处办公，便于协作、研究解决问题。"

对于这些，金日成都表示同意。

接着双方领导人又就美国总统杜鲁门和英国首相艾德礼在华盛顿的会谈进行了一番议论。

周恩来说："杜鲁门宣布要在朝鲜战场使用核武器，这在国内外引起一片慌乱。英国工党左翼百人签名请愿，要求艾德礼首相反对美国使用原子弹，敌人的日子并非好过啊！"

毛泽东说："是啊，英国有个香港利益问题，而绝不是对我们共产党人有什么好感。我看，美国是不会轻易放弃朝鲜的。不过，现在战场的主动权已经掌握在我们手里。"

"就朝鲜战争的发展前途问题，我想听听毛主席的意见。"中国最高领导的看法和打算，是金日成迫切关心的问题，也是他此次来京的主要目的。

毛泽东掸了掸烟灰，呷了一口茶，望着金日成说："据我看，战争有可能迅速解决，但也可能出现意外情况，拖长时间。我们准备至少打一年，朝鲜方面也应作长期的打算，并且仍应以自力更生为主，争取外援为辅。"

金日成说："是的，你说得对，我们是应该作长期打算，立足长期，争取短期解决。过去我们的确缺乏长期打算，只想尽快解决，缺乏克服困难的准备，对于美军在仁川登陆，也缺少必要的准备，应该记取过去的教训。"

周恩来说："俗话说，吃一堑长一智。我看朝鲜战场再不会有第二次仁川失败了。我们应该加强东西海岸的防御，特别是将来战线拉长以后，应该有备无患，随时准备反击敌人的登陆作战。"

金日成问："假如敌人要求谈判停战，我们如何办？敌人打败了，已经放出了要求停火的空气。"

周恩来说："敌人有可能要求停火。目前印度等13个亚非国家，正酝酿提一个议案，向联合国安理会提交，恐怕核心是先停战，而且要我们停在'三八线'。"

毛泽东走到地图前说："你们的分析是对的，敌人有可能要求停战。美军仁川登陆以后，大军越过'三八线'

北进，为什么不提出停战？现在战败了却要停。要停也可以，但有条件，必须承认应该撤出朝鲜，而首先撤到'三八线'以南。最好我们不仅拿下平壤，而且拿下汉城，主要是消灭敌人，首先是全歼伪军，对促进美帝撤兵会更有力量。"

毛泽东用手指在地图上的"三八线"附近轻轻地抹了一下，似乎要把这条线擦去，然后转过身说："美帝如承认撤兵，联合国有可能在同意中苏参加的条件下，主张全朝鲜人民在联合国监督下选举自己的政府。但美帝和蒋介石一样，诺言、协定都是不可靠的，故应从最坏的方面做准备。"

金日成说："我很赞同您的意见，我们不应给敌人以喘息之机，要乘胜前进，拿下平壤，拿下汉城，迫使敌人从朝鲜撤兵。"

"我准备立即给彭德怀同志发电，让他派一支部队向平壤前进，相机占领平壤。平壤是你们的首都，收复了这座城市政治意义大。"毛泽东解释道，"西线部队经过连续作战，已经很疲劳，需要休整一下，也需要补充粮草弹药。"

金日成说："我们已就此向各地党组织发出号召，要最大限度地支援中国志愿军，尽可能快地帮助志愿军解决粮草问题，这一点请你们放心。"

关于部队的供给问题，双方又进行了认真的讨论。周恩来说，他已和高岗商量过，准备在东北召开一个铁路运输会议，总结一下经验教训，一定要保障铁路畅通，建立一条炸不毁、打不烂的钢铁运输线。

毛泽东说："只要运输问题解决好了，我们要人有人、要粮有粮，他杜鲁门愿意打多久，我们就奉陪多久！"

金日成感激地说："毛主席，中国方面对我们的帮助是巨大的，朝鲜人民是永远不会忘记的。"

毛泽东把手一摆说："不要感谢，我们是战友嘛！如果要感谢，倒要谢谢杜鲁门哩，他让我们摸了美军的底，无非是个纸老虎！"

毛泽东这番风趣的话，使在座的人都哈哈大笑起来。

军委决定

中朝联合司令部成立

1950 年 12 月初，志愿军进行乘胜追击时，与陷入"联合国军"后方的朝鲜人民军主力胜利会师。朝鲜人民军收拢回来的部队有 3 个军团，经过补充后恢复了战斗力。

志愿军的胜利，鼓舞了刚刚走出困境的朝鲜人民军，他们的求战情绪很高，中朝军队要正式并肩作战了。

两军作战，必须解决指挥的问题。由于指挥不统一，两次战役中都有一些教训。

在第一次战役时，彭德怀希望人民军开辟"联合国军"的后方战场。金日成表示同意，但苏联驻朝军事顾问拉佐瓦耶夫却不同意，苏联驻朝大使史蒂柯夫又认为可以。

这么个小战术问题解决起来都如此困难，更别说高度敏感的指挥权问题了。

统一指挥问题牵涉朝中两党、两国、两军之间的关系，甚至苏联也夹杂其中。

毛泽东、周恩来、彭德怀经反复考虑，让周恩来主持起草了毛泽东致苏联最高领导人斯大林电，提议中、苏、朝各出一个人组成党的小组，三方联合指挥。

此时，斯大林对苏联驻朝鲜的军事顾问早就极为不满，因此考虑到苏方不宜参与指挥，同时也深为钦佩毛泽东、彭德怀的高超指挥艺术，于是复电赞成中朝两军统一指挥，并提出中国指挥员负主责的意见。

12月4日，第二次战役大胜已成定局之时，中朝军队联合司令部成立了。彭德怀任司令兼政委，邓华和人民军猛将金雄任副司令，朴一禹为副政委。金雄奔赴东线组织金雄指挥部，指挥东线人民军的3个军团，朴一禹则驻志愿军司令部负责协调。

第二次战役胜利结束后，彭德怀将新成立的中朝军队联合司令部前移到成川郡西南5公里的君子里。从第三次战役开始，志愿军和朝鲜人民军即在"联司"统一指挥下作战。

军委决定

揭穿美国停战的谎言

1950 年 12 月初，联合国秘书长赖伊和英国、印度、瑞典驻联合国代表，作为美国的探路人，不止一次地向正在联合国安理会的中国代表团试探，在什么情况下可以停战。

自从美军在朝鲜节节败退，美国就想找从外交渠道获得停战喘息的机会，因此通过其盟国向中国放出了"探空气球"。

正在联合国出席会议的中国代表伍修权把这个情况报告了北京。

毛泽东和周恩来等人认真地考虑了这个问题，提出 5 个条件：

1. 所有外国军队撤出朝鲜；

2. 美国军队撤出台湾海峡和台湾岛；

3. 朝鲜问题应由朝鲜人民自己解决；

4. 中华人民共和国的代表参加联合国并从联合国中逐出蒋介石的代表；

5. 召开五大国外长会议准备对日和约。

采纳上述 5 个条件，即可召开五大国代表会议，签订停战协议。

中共中央就这 5 个条件征求了苏联政府的意见。斯大林表示完全同意中国这 5 个条件，但认为在联合国未就停止朝鲜军事行动问题产生意见之前，不宜亮出这些底牌。

1950 年 12 月 7 日，印度驻华大使潘尼迦突然向中国外交部转交了一份由 13 个国家联合倡议的备忘录。该倡议提出，作战双方先在"三八线"停火，然后谈判和平解决朝鲜问题。

这个备忘录强调：

> 如果中国宣布不超过"三八线"的话，则将得到这些国家的欢迎和道义上的支持。

看完这个备忘录，毛泽东和周恩来判断，这是美国人放的"探空气球"，是个明显的空头协议。但是，要求中国不超过"三八线"的是中国共产党最注意团结的第三世界中间力量，如何处理好这个棘手的政治问题呢？

周恩来首先派外交部亚洲局局长约见印度大使馆参赞，向他提出了 4 个问题：

军委决定

1. 为什么十三国不反对美国对中国、对朝鲜的侵略？

2. 为什么十三国不宣言从朝鲜撤退外国军队？

3. 为什么在美军打过"三八线"的时候，十三国不讲话？

4. 为什么十三国中还有菲律宾，当时菲律宾是向朝鲜出兵的国家之一？

12月12日，周恩来会见印度驻华大使潘尼迦。周恩来说：

> 中国一向坚持和平解决朝鲜问题，现在更希望朝鲜的军事行动能迅速停止。但是现在迅速结束战争的关键在美国，我们愿意知道美国对中、苏所提停战条件的意见。

周恩来又于12月13日将与潘尼迦的谈话情况电告伍修权、乔冠华，并指示：

> 你们对提出十三国提案的国家应表明的立场是：停战不是骗局，是要真正能迅速结束朝鲜战事。这样就必须要美国表明它对停战条件的意见，看它是继续战争、扩大战争，还是想结束战争。
>
> 各国代表如果真想和平调处朝鲜战争，就应该像苏联代表那样提出一切外国军队从朝鲜撤退，而不是其他。

然而，中国表明的态度没有得到联合国的认可。

12 月 14 日，第五届联合国大会在有美国投票赞成的情况下，通过了亚洲十三国提案。这个提案决议成立停战三人小组，先行实现停火，然后才能考虑其他问题。

既然联合国已经通过了停火决议，中国政府不能不就停火问题表明立场。

为此，周恩来发表了郑重声明：

中国人民期望朝鲜战事能得到和平解决。我们坚持以一切外国军队撤出朝鲜，及朝鲜内政由朝鲜人民自己解决，为和平调处朝鲜问题的谈判基础；美国侵略军必须退出台湾，中华人民共和国的代表必须取得联合国的合法地位，这几点不但是中国人民和朝鲜人民的合理要求，也是全世界一切进步舆论的迫切愿望。

朝鲜问题和亚洲重要问题的和平解决，离开这几点是不可能的。

中国提出的条件并不是硬要将台湾问题以及中国在联合国的合法席位问题与朝鲜问题联系在一起，而是美国在侵略朝鲜的同时干涉了中国的台湾，并将中华人民共和国排除在联合国之外，打着联合国的招牌侵略朝鲜。

因此，朝鲜问题的解决必须与台湾问题及中国在联

军委决定

合国的代表权问题的解决等联系在一起来考虑。但对美国来说，周恩来所提的这些条件无疑是要价太高，美国无论如何是不能接受的。

外交上和战场上一样失败，美国人终于撕下了"停战"的伪装。在第五届联合国大会通过十三国提案的第二天，即12月15日上午，美国总统杜鲁门发表广播演说，宣布自12月16日起美国全国进入紧急状态。

杜鲁门宣称美国愿意谈判，但决不向"侵略"屈服，也不"姑息"苏联统治势力造成的巨大威胁。他同时宣布，美国将采取增加军火生产，扩大军队，实行工资、物价管制等战时措施。美国还扩大征兵计划，要把美国军队由250万人增加到390万人，要在一年之内把飞机、坦克的生产能力分别提高5倍和4倍以上。

为了加强西欧的军事力量，美国决定加速筹建北大西洋公约组织统一指挥的军队，并任命艾森豪威尔为北大西洋公约组织军队最高司令官。

不仅如此，美国国务院还发表了关于管制中国在美国资产及对中国禁运的新闻公报。

美国的这些举动只能说明，它决心在朝鲜坚持下去，并要全面遏制中华人民共和国。种种情况表明，美国的停战只是在争取喘息时间，因此，只同意寻求在"三八线"停火，反对为解决远东其他问题进行谈判。

12月22日，周恩来代表中国政府针对联合国大会14日通过的决议发表声明，揭露了美国的真实意图。

声明指出：

凡是没有中华人民共和国的合法代表参加和同意而被通过的联合国的一切重大决议，首先是有关亚洲的重大决议，中华人民共和国中央人民政府都认为是非法的，无效的。

因此，中华人民共和国政府及其代表不准备与上述这个非法的"三人委员会"进行任何接触。

在没有一切外国军队撤出朝鲜及朝鲜内政由朝鲜人民自己解决作基础，来讨论停战和谈判，都将是虚伪的，都将适合美国政府的意图，而不可能达到世界爱好和平人民的善良愿望。

三人小组—就地停战—和平谈判—大举进攻。这一马歇尔公式对中国人民极不生疏……马歇尔将军的故技在联合国是不能重演的了。

这个"三人小组"很容易让中国领导人回忆起解放战争时期美国马歇尔主持的那个"三人小组"，中国共产党在这方面是有过沉痛教训的。

至此，美国人打出的停战牌彻底失败。新中国政府在战场和外交两个方面告诉美国，战争不是你说打就打，说停就停的；赢了就继续打，失败了就想停战的幻想是空中楼阁。

军委决定

毛泽东决定乘胜突破

1950 年 12 月 4 日，中国驻苏联大使王稼祥向苏联副外长葛罗米柯就朝鲜战场形势征求苏联的意见："从政治角度看，中国军队在成功地继续进攻的情况下，是否应该越过'三八线'？"

葛罗米柯非正式地表达了苏联方面的意见："鉴于当前朝鲜的形势，提出'趁热打铁'这句古老的谚语是十分恰当的。"

但是，经历了两次战役后，志愿军虽然取得了超出预想的战果，困难却也随之增加。

第二次战役结束后，志愿军减员很多，第九兵团又因冻伤严重暂时无法参战。全军汽车因空袭和事故损失，运输供应困难。

此时，朝鲜半岛已完全进入冬令时节，无论半岛南北，气候都异常寒冷。同时，志愿军向南挺进，供应线延长，再加上美军飞机的狂轰滥炸，后方公路、铁路和桥梁遭受严重破坏，物资供给十分困难。

从鸭绿江向前线运送后勤物资不敢走公路，铁路也炸断了，只能靠原始的人力背送。

东线的 3 个军除了一线的战斗员，上到军队首长，下到唱歌跳舞的文工团员、烧水煮饭的炊事员，都动员起来往山上扛粮食。但即使如此，东线的粮食也只能满足部队暂时的需要。

在西线，流传着一个感人的故事。

上级给四十二军的一个班发下来一双棉鞋，战士们决定，只有站岗的人才有资格穿上这双宝贵的棉鞋。整整一个冬天过去了，这个班从鸭绿江打到"三八线"以南，而这双棉鞋竟丝毫无损，然后又被完好地移交给接防部队……

身临其境的彭德怀非常了解部队的实际情况，对冰天雪地中顽强战斗的将士们的疾苦感同身受。因此，在部队占领平壤后，12月8日13时，彭德怀、洪学智、解方经过商议后，都认为此时立即越过"三八线"并不合适，但在"三八线"以北再打一场战役并无问题。

于是，彭德怀致电毛泽东，提出下一战役的考虑：

　　拟在"三八线"以北数十里停止作战，让敌占"三八线"。待我充分准备，以便明年再适时歼灭敌主力。

因此，苏联驻朝大使提议一气打到南朝鲜去，受到彭德怀的反驳。彭德怀还报告说："速胜盲目乐观情绪已在各方面生长。建议我军目前仍采取稳进。"

但是，从当时的战场形势看，志愿军参战仅仅两个月就把美军打得一溃千里，中国人民和朝鲜人民以及民

主阵营的士气大大高涨。民主阵营内部，无论斯大林还是金日成都不希望看到志愿军就此停止。

虽然有许多实际困难，但这时志愿军的作战正处于一帆风顺的形势下，部队如果停止于"三八线"以北进行休整，则正是美国所希望的。

因此，毛泽东从全局的高度思考，决心越过"三八线"再打一仗。他在给彭德怀的电报中指出了此战役的必要性：

> 你对敌情估计是正确的……
>
> 美英正在利用"三八线"在人们心中存在的旧印象，进行其政治宣传，并企图迫我停战，故我军此时越过"三八线"再打一仗，然后进行休整，是必要的……

接到毛泽东的电报，彭德怀虽然觉得这样困难很多，但作为久经考验的军事家，他深知战争必须服从政治。因此，他开始就第三次战役进行部署。

作为志愿军的指挥官，彭德怀依然坚持抗美援朝战争必须坚持打长期的原则。他深知这两次战役之所以取得了胜利，并非志愿军在军力上占有优势，而是美国人被打了个措手不及，第一次战役尤其如此。要想凭借志愿军现有的装备打败武装到牙齿的"联合国军"，志愿军只能与"联合国军"打消耗战。

因此，彭德怀向毛泽东转发了志愿军副司令员邓华给自己的信。

邓华在第二次战役期间因翻车负伤，志愿军司令部决定让他回国治疗。

他临行前致信彭德怀，对战争形势的发展提出三个可能：

> 一是敌被迫谈判求和，二是被迫撤出朝鲜，三是安上桥头堡一个，即大丘、釜山或两个，即汉城、仁川。
>
> 如我能歼灭比上一战役更多的美军，则可能出现第一、二个可能，否则为第三个可能。根据情况看来，第三个可能性大……假如打成第三种局面，我意作较长期打算。保留小部，两三个军，配合人民军并撑他们的腰，广泛开展游击战，去纠缠疲惫和消耗敌人……

22 日，毛泽东回电指出：

> 战争仍然要作长期打算，要估计到今后许多困难情况。要知道不经过严重的斗争，不歼灭伪军全部至少是其大部，不再歼灭美英军至少四五万人，朝鲜问题是不能解决的，速胜的观点是有害的。

军委决定

共和国的历程·新年攻势

　　同时考虑到为以后作战有利于歼灭"联合国军"，不使"联合国军"过于集中，毛泽东还提出，不但人民军第二、第五军团现不要深入"三八线"以南，而且在第三次战役后，志愿军和人民军全部应后撤几十公里进行休整。

　　毛泽东还建议将越过"三八线"的战役提前到第二年的1月，防止休整时间过长，引起资本主义和民主阵线各国对志愿军意图的无端揣测。如果能于1月上半月打一个胜仗，争取歼灭南朝鲜几个师及美军一部，在政治上则能带来较正面的影响。

　　毛泽东最后还给彭德怀带来一个好消息，斯大林认为志愿军的领导完全正确，也了解朝鲜作战中的困难，主动提议给前线增加汽车2000辆！

彭德怀进行战役部署

1950年12月13日，毛泽东致电彭德怀，要求志愿军克服和忍受一切困难，协同朝鲜人民军打过"三八线"。

毛泽东指出：

> 目前美、英各国正要求我军停止于"三八线"以北，以利其整军再战。因此，我军必须越过"三八线"。如到"三八线"以北即停止，将给我政治上以很大的不利。

根据毛泽东的这个指示，彭德怀决心集中志愿军6个军实施进攻，在人民军3个军团的协同下，突破"联合国军"的"三八线"既设阵地防线，寻机歼灭"联合国军"，然后再进行休整，准备春季攻势。

12月26日，美国陆军副参谋长李奇微接任因车祸丧命的沃克中将，出任美军第八集团军司令。他一上任就表示一旦实力允许便立即恢复攻势。

李奇微第一次出现在记者面前时，所有的人都被他的穿着吓了一跳。只见他上衣外面套了一件马甲，脖子上吊着两个黑乎乎的东西晃来晃去。走近了一看，居然

军委决定

是两颗美式甜瓜形手雷。

美国记者把这当成是李奇微在朝鲜的注册商标而大作宣传，这使得有人说李奇微在哗众取宠。

李奇微听了勃然大怒，反驳说："他妈的，这是战场！"

然而，李奇微到朝鲜第一件要做的事是收拾残局，建立防线。

12 月 29 日，美国军事最高指挥机关参谋长联席会议电令"联合国军"总司令麦克阿瑟：

以保存"联合国军"力量为主，进行逐次防御作战。

12 月 31 日，李奇微命令其部队防卫一条从临津江到"三八线"的总战线，如被迫放弃阵地，则有秩序地按照调整线实施后撤。为此，"联合国军"在横贯朝鲜半岛 250 公里正面和 60 余公里纵深内，组成两道基本防线：

第一道西起临津江口，经汶山里沿"三八线"至东海岸的襄阳；第二道西起高阳，经议政府、加平、春川、自隐里至东海岸的冬德里。此外，在第二道防线至北纬 37 度线之间，还准备了 3 道机动防线。

其部署特点是：置南朝鲜军于第一线，美、英军于第二线，并大部集结于汉城周围及汉江南北地区之交通要道上。能守则守，不能守则随时准备撤退。

根据"联合国军"转入防御后战线缩短、兵力集中的情况，彭德怀确定此次作战采取"稳进"的方针。他决定，首先集中兵力歼灭临津江东岸到北汉江西岸地区的第一线南朝鲜军，如发展顺利即择机占领汉城，如发展不顺利即适时收兵。

此时，志愿军和朝鲜人民军第一线部队有31万余人，彭德怀对一线部队进行了如下部署：

> 以志愿军第三十八、第三十九、第四十、第五十军并加强炮兵六个团组成志愿军右纵队，由志愿军副司令员韩先楚指挥，在高浪浦里至永平地段突破，向东豆川、汉城方向实施主要突击，并分别从两翼向七峰山、仙岩里迂回，断南朝鲜军退路，歼灭当面南朝鲜军第六、第一师，得手后向议政府方向发展胜利。

> 以志愿军第四十二、第六十六军并加强炮兵一个团组成志愿军左纵队，由第四十二军军长吴瑞林、政治委员周彪指挥，在永平至马坪里地段突破，分别向中板里、济宁里方向实施突击，以主力歼灭南朝鲜军第二师一部，得手后向加平、清平里方向扩张战果，切断汉城、春川间的交通。

> 另以一个师向春川以北佯攻，牵制南朝鲜军第五师，策应人民军第二、第五军团南进。

军委决定

人民军第一军团主力于东场里以东向汶山方向佯攻，配合志愿军右纵队作战，并保障其右翼安全。

第二军团、第五军团一个师，于战役发起前越过"三八线"，在洪川东南隐蔽集结，准备配合正面进攻。

第五军团主力和第二军团两个团由杨口、麟蹄间突入，向洪川方向进攻，配合志愿军左纵队作战。

为取得战役的突然性，志愿军各部队从180公里外向作战地区隐蔽开进，主力在战役发起前一周开始秘密占领进攻出发阵地。同时，将战役发起时间选在1950年12月31日。

二、 胜利突破

● 周恩来说："不要紧，我们在国内受点累，算不了什么。志愿军在前线很艰苦，要把炒面做好送给他们当干粮，支援他们打胜仗啊！"

● 夜空霎时间被染得通红，冰雹一样的炮弹倾泻而下，阵地顷刻间被炸得山崩地裂，汉江防线笼罩在一片裹挟着利刃的烟火之中。

● 两个人爬到地堡边上，白云祥掏出两颗手榴弹，拉火后，说了声"见鬼去吧"，就塞进了地堡里。"轰轰"两声巨响后，地堡被炸毁了。

召开生活保障会议

接到彭德怀向前线开进的命令后，志愿军6个军冒着漫天大雪，向战役即将发起的位置日夜兼程地行进。在没有机械化运输的情况下，中国士兵要靠两条腿赶在战役指定的发起时间前到达战场。

第三次战役就要打响了。彭德怀这时仍想着中国士兵填饱肚子的问题。

在朝鲜战场上，志愿军中流传着这样一个笑话：

毛泽东知道在朝鲜打仗的士兵们生活很苦，就给负责前线供应的高岗下了"让志愿军吃好面"的命令。

结果，高岗把毛泽东用湖南话下达的命令听成了"让志愿军吃炒面"，于是，志愿军就整天吃炒面了。

炒面虽然维系着志愿军士兵生命的最低需求，但同时，因为它缺少人体所必需的多种维生素而导致士兵们患上了维生素缺乏症。

因为志愿军后勤装备的限制，加上美军飞机的不间断轰炸，志愿军白天不敢生火做饭，而炒熟的面经过长时间运输却不会变质，士兵也携带方便，食用简单，同时能够大批量供应。

因此，炒面无意中成为志愿军在巨大规模的战争中所发明的一种野战口粮。

炒面的成分是 70% 的小麦粉，混合 30% 的玉米粉或大豆粉、高粱粉，炒熟后加入 0.5% 的食盐。

第一次战役刚结束的时候，东北军区后勤部根据前线的要求，提出了"以炒面为主，制备熟食，酌量提高供给标准"的建议，并且将炒面的样品送到了志愿军前线指挥部。

彭德怀亲自尝了炒面的样品之后说："送来的干粮样子，磨成面放盐好。炒时要先洗一下，要大量前送。"

但是，如果让前线的每一名志愿军官兵都吃上炒面，所需要的炒面数量是相当惊人的。即使按照每人每月规定数量的三分之一供应，这个数字也已经达到 741 万公斤，而中国的整个东北地区即使尽最大的努力也只能供应出 500 万公斤。

为此，东北人民政府专门下发了《关于执行炒面任务的几项规定》。"规定"把制作炒面的任务向党、政、军、民各阶层层层分配，下达各单位每天制作炒面的数量。

在第二次战役即将开始的时候，即 1950 年 12 月 18 日，中共东北局又召开了一个专门会议。参加的人员包括东北地区的党、政、军各方面的负责人，政务院总理周恩来特地从北京赶来参加。会议的名称定为"炒面煮肉会议"。

"炒面煮肉会议"部署了在一个月之内制作 325 万公斤炒面和 26 万公斤熟肉的任务。

胜利突破

由于需要量巨大，而且要在短时间内准备好，东北军区后勤部就是全力以赴也赶不及。东北人民政府动员了一切力量，但最多也只能解决 25 万公斤，因此存在很大的缺口。

周恩来知道后，立即指示政务院向东北、华北、中南各省布置任务，发动群众炒面。

在 1950 年年初冬天的瑞雪中，中国大地上掀起了一个奇特的大规模的群众运动：男女老少齐动手，家家户户做炒面，昼夜不息。炒面特有的香味飘散在中国广袤的土地上。

周恩来也抽出时间亲自炒面。他的右臂曾经负伤，炒面时只能靠左臂用力，脸上的汗珠直往下掉。

一个女同志上前抢周恩来手中的铲子，说："总理，不要累坏了身子。"

周恩来说："不要紧，我们在国内受点累，算不了什么。志愿军在前线很艰苦，要把炒面做好送给他们当干粮，支援他们打胜仗啊！"

在周恩来的亲自关心和指示下，国内仅用 20 多天时间，第一批 200 多万公斤炒面就送到了志愿军战士的手中。

志愿军加紧战前准备

当炒面、猪肉的香气在国内各地飘溢时，已经连续打了两个大战役的志愿军，为了保证第三战役取得胜利，也抓紧时间进行休整，大力补充兵员和粮弹。

为了增强志愿军兵力，中央军委决定由杨得志任司令员、李志民任政治委员的十九兵团加紧入朝参战，争取在 1951 年 3 月前到达朝鲜前线。同时决定，在朝鲜部队除了准备用动员的新兵进行补充外，另外从国内部队中动员 8 万名老兵进行补充，以保持和恢复前线部队的战斗力。

第二次战役中，志愿军后勤保障能力弱的缺点暴露无遗。为了在现有条件下弥补这个缺点，中央军委决定将原有的 9 个大兵站增加到 11 个，并实行了定向供应的体制；另外，增调铁道兵直属独立团、直属桥梁团入朝，与铁道兵第一师共同修复京义线铁路定州到孟中里段和满浦线熙川到价川段铁路。同时，还增调了工兵第五、第八团入朝，加紧抢修新占领区的公路和桥梁。

为了加强后勤工作，东北军区决定由军区副政委李富春主管后勤工作。为保证第三战役作战需要，东北军区后勤部对分部的设置作了调整，供应线向前延伸，第一分部从熙川延伸到球场，供应线向德川、成川、江东、

胜利突破

三登、顺川延伸，担负对第三十八、四十二、六十六军的供应；第三分部的供应线从温井向定州、安州、永柔延伸，担负对第三十九、五十、四十和志愿军炮兵的供应，第二、第四分部仍保证对第九兵团的供应。

另外，中央军委总后勤部从北京和天津抽调 246 辆汽车保证前方运输。与此同时，从苏联订购了 2000 辆汽车，这些汽车全部立即用于支援志愿军改善后勤运输，志愿军每个军都可以增加 30 辆。

前方的志愿军也积极行动起来，大力组织就地借粮。

为解决粮食困难，弥补运输补给的不足，志愿军与朝鲜政府商定，在当地政府的协助下，在平壤以东、以南，"三八线"以北地区就地筹粮。

志愿军司令部划定区域，规定了具体的就地筹粮办法，要求军师团各级指定政治部主任或副政委一人，专门担任领导筹借粮食和掌握政策，各级政治机关抽调干部，并抽调一部分部队干部，加上后勤干部与朝鲜联络员等，组成若干筹粮队，作为一项战斗任务完成筹粮工作。

只要借得朝鲜地方政府或朝鲜群众个人的粮食，都留给盖有公章的借粮证，日后统一由中国政府偿还。

这样，经过一番努力，西线 6 个军筹粮 2 万吨，东线第九兵团筹粮 1 万吨。到战役发起前，志愿军共筹借到粮食 3 万吨，基本满足了志愿军第三次战役的所需，解了燃眉之急。

在完成兵员粮弹补充、改善后勤运输保障的同时，中朝部队加紧进行临战准备。针对此次作战是由运动歼灭"联合国军"转为向具有防御准备的"联合国军"进攻的特点，各军根据志愿军总部的要求，重点进行了强渡江河、突破作战的准备，制订了突破和向纵深发展的作战计划，及其相应的炮兵支援计划，准备了大量爆破筒、炸药包等爆破器材。

各军师团都按照任务区派出了侦察队，实施战前侦察，掌握了"联合国军"部署和纵深地形情况。在山野密林中，志愿军战士们还进行了打坦克、打碉堡、爆破铁丝网、登梯子、山地进攻等训练。

朝鲜冬季非常寒冷，志愿军后勤部门想了很多办法保障部队，尽量让部队能吃上热饭，睡上热炕，以保持恢复体力。

1950 年 12 月 25 日，彭德怀、朴一禹、洪学智商定，第三次战役的发起时间为 12 月 31 日 17 时。

12 月 16 日，志愿军前进到平壤、阳德、谷山地区，稍事准备后，于 18 日开始按照预定的部署向前开进，27 日隐蔽前出到进攻位置。

中朝各军开进到进攻位置后，立即开始了临战前的侦察和强渡江河、突破作战等各种准备。为了保证指挥和联络，军与军都架设了有线电话。

至 12 月 28 日，各军的准备工作基本完成，只等战役发起时刻的到来。

胜利突破

志愿军夜探临津江

在战役发起前，各军都对各自负责突破的江段进行了侦察。

这天，三十九军一一六师师长带着担任尖刀部队的三四七团团长李刚和三四六团团长吴宝光正在前沿看地形，10多个朝鲜老百姓模样的人向他们走来。

他们发现这些朝鲜老百姓探头探脑的样子很奇怪，猜测很可能是对岸南朝鲜军的侦察兵，就立即派部队上去拦截。

三四七团四连当即用火力封锁了江边，两个排从两翼包围了南朝鲜军侦察兵，击毙7人，俘虏3人，其余的人拼命向渡江点跑去。

这些家伙到了江边，对岸的南朝鲜军以为是志愿军小分队要过江，就用机枪猛烈射击，封锁了渡江点。结果这些南朝鲜的侦察兵一个也没能活着回去。

在南朝鲜侦察兵的身上，志愿军发现了一份侦察计划图，上面标明了江面冰层结冻的情况。

战士张国汉奉命前去探冰。他带上一支短枪，悄无声息地爬上冰面，一边爬一边用手里的棍子敲击冰面，试探冰冻结的情况。

冷风从冰面上卷起雪末从领口灌进衣服里，张国汉觉得浑身都快冻透了。但他心里却很高兴，天越冷，冰就冻得越结实，这样部队才好突破。

当张国汉爬到江心的位置时，他突然觉得冰面似乎动了起来，冰面下还传来"嘎嘎"的响声。冰要裂开了吗？张国汉有些紧张了。但趴着不动，好一会儿也不见动静，他明白了，这是冰面的自然开裂。他站起来，像松鼠一样地乱蹦乱跳，用身体试探冰的承受能力，感觉很安全！

张国汉还是不放心，又向左右各走了30多米，还是没问题。这下他彻底放心了。要往回走的时候，他看了一眼江对岸。那里黑漆漆的，断断续续的灯火闪着光芒，南朝鲜军夜晚值班的机枪在盲射，曳光弹拖着红色的弹道一串串地飞到江中。

张国汉突然产生了一个念头，想去看看大家一直念叨的"三八线"到底是个啥模样！于是，他趴在冰面上，向江南岸爬去。

张国汉真的爬上了南岸。他爬过雷区，一直爬到一座山崖下。头顶上不断有南朝鲜军打枪，还有人叽里呱啦地说话，张国汉甚至听到了电台嘀嘀嗒嗒的声音。

张国汉趴在地上，转动脑袋看着他所在的"三八线"，这实在没什么特别的！他有些失望，但转念一想，老子是第一个突破临津江的人，心里不禁高兴起来。

三十八军的尖刀营营长曹玉海亲自到冰面上爬了几个来回，最后确定了一座陡峭的山崖作为突破目标。他

胜利突破

认为，越是南朝鲜军想不到的地方，越是薄弱的地方，对我们来说就越安全。

四十军——九师三五五团团长李冠智是个非常严肃的人，他从来不允许部下的嘴里出现"大概"、"也许"这类含糊的字眼。他要求一个叫石绍清的士兵去探冰。

石绍清天黑时出发，不到 20 时就回来了。他换好衣服就跑到团长那里报告说，江心大约有 5 米的江面还没封冻。他还说："脚一沾水，我的天！凉得我倒吸了好几口气！坐在冰上往水里一出溜，水一下子就没到了肚脐眼儿，那个冷！激得我简直喘不过气来！江底的石头很滑，水流很急，我差点没栽到水里。冰块像刀子一样割大腿，一会儿就不知道疼了！"

石绍清卷起棉裤，露出已经冻得发青的腿，上面横七竖八地布满了血口子。

第二天，李团长发现江心原来的那道黑线没有了，也许江心已经封冻。为了探明情况，他又派石绍清去探冰。

天黑时，石绍清带上一根结实的木棍，披上一条白被单出发了。接近江心的时候，他开始爬行，一直爬到了江心。果然，那里已经冻上了。

石绍清用木棍敲打冰面，看看有没有开裂的地方。后来，他索性站起来，在冰面上踩来踩去，完全忘记了对岸的南朝鲜军。

一颗炮弹怪叫着穿破空气呼啸而至，石绍清赶紧卧倒。炮弹在离他 10 米远的地方爆炸，激起的冰块飞起来砸到石绍清身上，疼得石绍清差点喊出来。但他没有往回跑，而是朝着炮弹炸出的冰窟窿爬了过去。

爬到冰窟窿边上，石绍清把手伸到冰水里，摸出了冰层的厚度。这个厚度，别说步兵，就是大炮也能过去。他高兴地往回爬，爬了一会儿，又掉过头来向江对岸爬去。

石绍清想起了一个严肃的问题，怎么证明自己确实来到江面上侦察过了呢？他想起对岸有一片雷区，如果能挖几颗地雷回去，就能证明自己确实到冰面侦察过了。

在黑暗中，石绍清爬到了戒备森严的江对岸。在雷区的那一头，他看见了南朝鲜军游动哨兵的影子。他摸索着挖出了几颗地雷，然后迅速离开了。

回到团指挥所，报告了冰情之后，石绍清从怀里掏出 3 个地雷引信管递给李团长。

"你起地雷了?!"李团长惊奇地望着他。

"我侦察的情况是真实的，有鬼子的地雷为证。"石绍清摸了摸脑袋笑着说，"怕同志们着急，我就起了 3 个。"

严肃的李团长露出了难得的笑容。

经过侦察，渡江各部队都对江南岸的南朝鲜军情况做到了心中有数，选择了突破口，设定了火炮射击诸元，并做好了渡江准备。

有的部队把雨衣改成了水袜子，有的部队准备了轻

胜利突破

型浮桥，三十九军——六师甚至还准备了许多猪油，让战士们渡江时涂在腿上防冻。

1950 年的最后一天，临津江两岸显得格外宁静。在江北岸的黑暗中，10 万志愿军指战员蜷曲在白雪覆盖的战壕中一声不响，默默地吃着炒面，喝着雪水，擦着武器。

在江对岸，南朝鲜军心惊胆战地迎来了 20 世纪上半叶的最后一天。虽然身处战场，但年还是要过的。在掩蔽部里，他们炖起了牛肉，打开了酒瓶，用美食冲淡心中的恐慌，祈祷一个"平安"的新年……

志愿军发起元旦攻势

1950 年 12 月 31 日 17 时整，一串耀眼的信号弹突然从汉江北岸升起。就在驻守汉江南岸的"联合国军"惊恐地等待即将发生什么的时候，志愿军的炮声接踵而至。

夜空霎时间被染得通红，冰雹一样的炮弹倾泻而下，阵地顷刻间被炸得山崩地裂，汉江防线笼罩在一片裹挟着利刃的烟火之中。

抗美援朝战争第三次战役就在 20 世纪上半叶的最后一天打响了。

为顺利突破临津江，志愿军进行了开战以来的首次炮击。虽然这次炮击仅仅进行了 20 分钟，但其规模和火力依然让"联合国军"的士兵们觉得，这 20 分钟似乎有一个世纪那样漫长。

在"联合国军"最前沿的阵地上，南朝鲜军白天还在加固的工事被一个接一个地炸塌了。各种明暗火力点不时被掀起，还有不少弹药被炮弹击中起火燃烧，然后爆炸。

接连不断的爆炸还引爆了阵地前的地雷，爆炸声让整个大地都震动起来。有的炮弹直接命中了南朝鲜军的战防炮，大炮立即变成了一堆纷飞的碎铁。

南朝鲜军惊慌失措，立刻逃离工事，在冲天的火光

中狼奔豕突。在临津江渡口修筑工事的几个南朝鲜军士兵扔下木头往回跑，被炮弹掀起来滚下了悬崖，其余的很快就被横飞的弹片削掉了脑袋或四肢……

炮兵们想得非常周到，除了炸掉江对岸的防御工事，还在陡峭的山坡上炸出一溜阶梯一样的弹坑，这大大减少了步兵们的体力消耗。

看到自己的炮兵打红了半边天，志愿军指战员们兴奋地大叫起来：

我们的炮兵真厉害！

也该让敌人尝尝挨炮的滋味了！

他们兴奋地走出战壕，一边像观看过年的礼花一样翘望对岸，一边活动着因为长时间隐蔽而麻木的身体，准备出击。

早在一天前，三十九军一一六师就已经把全师 1 万多人和 100 多门火炮隐蔽在离"联合国军"阵地不到 2500 米的阵地上，离"联合国军"最近的地方不到 200 米。躲在战壕里的志愿军士兵，不借助望远镜也能看到"联合国军"士兵抽烟升起的烟雾。

一一六师是在宽 2 公里、纵深 2.5 公里的正面，利用丘陵山包、灌木丛、小河沟渠和自然雨裂，构筑了可容纳 7 个步兵营的 316 个简易掩蔽部，以及可以容纳 18 个团、营指挥所 300 多名指挥员的上千米堑壕和交通壕，堑壕的侧壁每隔一米还挖了一个防炮洞。50 个弹药器材储备室、30 个掘开式炮兵阵地、50 个带有掩盖的炮兵阵地，它们星罗棋布地分散在整个出击阵地上。

这样的阵地在整个出击线上比比皆是。志愿军 6 个军隐藏得了无痕迹。

虽然"联合国军"出动了飞机进行反复侦察，甚至新上任的美第八集团军司令官李奇微亲自临空侦察，但就是没有发现在他们鼻子底下埋伏的数十万大军。

当志愿军一举突破临津江和北汉江时，李奇微对中国军队的隐蔽能力惊讶不已，他感叹地说："真没想到，在这片毫无生机的荒原上发起了他们的元旦攻势！"

胜利突破

用身体开通冲锋道路

"联合国军"在阵地前布设了大量地雷，这成了志愿军冲击道路上的一大障碍。因此，各军都设立了专门的扫雷组清扫地雷。

三十九军是右翼突击纵队的第一梯队。一一六师是三十九军的第一梯队，而一一六师最先出击的是三四六团的扫雷组长张财书。他比其他冲击部队早 20 分钟出发。在这 20 分钟里，他要和战友们尽可能多地扫除部队冲击道路上的地雷。

张财书和赵振海、金玉山两个战友组成一个三人扫雷组，他们每个人手里都拿着一根 3 米多长的木杆，大声喊着穿过密密麻麻的士兵群："让开！让开！"

等待冲击信号的士兵们立刻闪开一条路，有人对着张财书喊："伙计，扫得干净点儿！"

张财书没有回答，高昂着头大步向前跑。

扫雷小组刚冲下山坡，立刻就受到对岸射来的密集机枪子弹的拦截。他们成蛇形机动，在曳出红色线条的枪弹缝隙中迅速穿过，通过了七八十米的开阔地之后，一头扑倒在一个沙丘上。整个出击过程中，三个人没有任何伤亡。

张财书从沙丘上探出头来，看到江边白茫茫一片平展的沙滩，那里既是志愿军的突破口也是地雷区。战役发起前，为了不暴露突破口，所以没有在这里扫雷。

炮声还在对岸隆隆炸响。张财书对刚刚跑到身边卧倒的两个战友大声说："我先上去，如果我挂花了，你们接着干，你们可要隐蔽好了！"两个战友冲着张财书点了点头。他们早就写了决死决心书，挂花对他们来说已经算不上什么了。

张财书从沙丘上一个跟头翻了下去，眼睛紧紧盯住对岸的机枪射点，向着白天观察好的一个小洼地爬去。对岸的南朝鲜军发现了张财书，轻重机枪疯狂地向他扫射。子弹打在身边的沙滩上，激起一片片土花，发出沉闷的声音。张财书毫不畏惧，勇敢前进。

又是一个鱼跃，张财书滚到了洼地里，然后把长长的扫雷杆伸出去。他用扫雷杆顶端的钩子钩住连接地雷的钢丝，一扭，几颗地雷就一起爆炸了。顿时，沙石飞溅，爆炸的气浪把张财书掀起老高，浓烈的硝烟味呛得他喘不过气来。

硝烟和沙石落下之后，张财书刚要往前爬，却发现扫雷杆被炸断了。趁着爆炸的烟雾还没有散去，他急忙爬回去，看见赵振海正趴在金玉山的身上大声喊着什么。原来，金玉山已经牺牲了。

没有时间悲伤，张财书抓起金玉山留下的扫雷杆再次冲了上去。在第二个扫雷点，他又钩炸了几颗地雷。没等爆炸停止，他又冲向第三个扫雷点。可是，他的扫

胜利突破

雷杆又被炸断了。

张财书不得不再一次返回,拿起最后一根扫雷杆。临走时,他坚定地对赵振海说:"赵振海!隐蔽好,如果我不行了,你上!"

对岸的南朝鲜军发现有人扫雷,立刻用机枪封锁了张财书的前进道路。张财书已经不在乎是否会被击中了。他旋风一样冲进雷区,机枪子弹在他的脚印上打出一溜轻烟和土花。

在第三个扫雷点,张财书连续钩炸了两串地雷,有的地雷几乎就在他身边爆炸了。黄黑色的烟雾遮住了天空,地雷炸起的土块像倒塌的墙一样砸了下来。爆炸的烟雾紧紧地把他包裹了起来,冲击波几乎把他从地上掀起来。张财书被震昏了。

当他醒过来的时候,张财书发觉左腿和右手已经没有了知觉,脑袋昏昏沉沉的,嘴里也有一股咸腥味。

"挂花了。"他想。不过心里反倒镇静下来。伤已经负了,剩下的最多就是个死,那样反倒痛快。

张财书仰面躺在地上,看到被炮火和曳光弹装扮得五颜六色的夜空,意识到自己还有任务要完成。他伸出左手寻找扫雷杆,但举起来却是半根木棍,扫雷杆又被炸断了。他抬起头对着身后喊:"赵振海!赵振海!上,快上呀!"嘶哑的声音没有得到任何回答。

赵振海已经牺牲在沙丘上。他为了吸引对岸的火力,掩护张财书扫雷,故意暴露了自己。

这时，志愿军更猛烈的炮击开始了。

听到炮声，张财书想起了连长的话：冲击前有3分钟最猛烈的炮火准备。炮击已经开始，部队就要发起冲击了。他往前看了看，在志愿军冲击的道路上，细细的钢丝在炮火中闪着刺眼的光芒，只要触动它们，就会夺取很多战友的生命。张财书把手里的半根木棍向钢丝扔去，但地雷没有爆炸。

一串信号弹腾空而起，紧跟着，志愿军阵地上发出海啸一般的呐喊声，冲击开始了。

张财书突然坐了起来，扭头看了战友们一眼。然后，他把身体横过来，向着地雷滚过去。他血肉模糊的身体在翻滚，地雷的爆炸声连续响起……

志愿军士兵潮水一般沿着张财书用生命开辟的路冲过去。

胜利突破

志愿军强渡大冰河

在三四六团发起冲击时，三四七团的士兵们已经踏入江水了。

三四七团五连的突破口叫新岱，是临津江的一个急转弯处，这里水流湍急，所以没有封冻。在进行侦察时，他们问过朝鲜向导江水的深度，朝鲜向导只是反复说一句话："我在江边生活了40多年，还没听说过谁敢在这样寒冷的冬天涉水过江的。"

二排副排长张殿学听了却不以为然，因为就在前几天夜晚，他就曾经赤脚蹚过了九龙江和大同江。

为了抵御寒冷，五连的士兵们在出击前吃了专门准备的一大锅辣椒炖牛肉。牛肉块有馒头那么大，但炖得很烂。乘着牛肉和辣椒的热乎劲，张殿学带着尖刀班顺着交通壕，迅速翻越江边的小山，猛冲到了沙滩上。

刚冲到水洼处，后面的天空里就射出一连串红色的曳光弹。紧接着，夹杂着军号声的重机枪扫射声响了起来。江岸上一片呐喊声，主力部队也发起冲击了。

张殿学率领尖刀班踏碎薄冰拼命往前跑，很快双脚就踩到了冰水里。一下水，他立刻感到江水刺骨的寒冷，全身立刻绷紧了。水越走越深，两只脚冻得像铁棍一样，开始还能小跑，到后来水漫到胸口，棉衣全都湿透了，身体变得越发沉重。浑身冻得麻木，每走一步，人就会向上浮一下。

这时，连指导员大喊："五连的！立功的时候到了！"

士兵们把枪举过头顶，向大冰河走去。江水很快就没到了战士们的胸口。激荡的江水飞溅在战士们的头上，很快就结成了冰珠。

北岸，志愿军的重炮一向南延伸，对岸南朝鲜军的机枪就扫了过来，子弹就在战士们耳边呼啸而过，南朝鲜军残存的火炮也开始射击，炮弹的爆炸在他们身边掀起巨大的水柱。上游的冰层被炸裂了，大块的浮冰互相撞击着直冲下来，有的士兵被冰块撞倒在水中。

张殿学身边有个南方的士兵，瞬间就被江面上的浮冰撞倒在水里。张殿学急得大喊："小范！小范！"突然，小范从水里露出头来。张殿学又惊又喜："怎么回事，负伤了吗？"

"副排长，我的机枪！枪管掉在水里了！"小范用颤抖的声音回答，声音都带着哭腔。说完，他又一头钻进冰水里。不一会儿，小范高高举着机枪管从水里冒出来，满脸冻得通红，浑身也不停地哆嗦。

另一边，又一个声音在呼唤张殿学，一名战士被卡在两块浮冰中间动弹不了。张殿学赶过去替他把浮冰推开。这个战士刚能活动就爬上一块浮冰，架上机枪向对岸开火。

"下来！快下来，你会被冲走的！"张殿学着急地喊。

胜利突破

但是，这个战士上去就下不来了，他的军装已经与浮冰冻在一起了。

"呜呜……"左边响起了小喇叭的声音，告诉张殿学，七连已经登岸了。张殿学声嘶力竭地喊："快到了，冲呀！"听到喊声，战士们拼力向前冲去。

张殿学和尖刀班立即向右面火光闪闪的江崖冲去。那里，南朝鲜军的一个地堡正喷射着火舌。张殿学一甩手，一颗手榴弹准确地扔进了地堡的射击孔，"轰"的一声，地堡里的机枪哑巴了。

突破口打开了。战士们高喊着冲上对岸。刚一上岸，士兵们被冰水浸透的棉衣立刻冻得像石头一般坚硬。枪管里也灌进了江水，机枪被冻住了，一时无法射击，战士们就用尿解冻。

张殿学指挥一挺机枪暂时压制住了对面的一个火力点，但跟在身后的六班长却踩上了地雷。张殿学掏出冻得硬邦邦的急救包扔给六班长，然后向另一个火力点冲去。当他占领了南朝鲜军的一个地堡的时候，他突然觉得身后有人跟了上来，回头一看，是拖着伤腿的六班长。

张殿学"呜呜"地吹响了小喇叭，告诉自己的连队，他们已经占领了连队冲击正面的滩头。

三四七团的钢铁连是整个一一六师的尖刀，率领先头排的是战斗英雄王凤江。钢铁连渡江的江面冰层很厚，士兵在冰面上不断地滑倒，又爬起来再次向前冲击。但是，没多久，江心的冰层就被猛烈的炮火炸开了，全连

共和国的历程·新年攻势

都掉进了冰冷的江水里。

江水中，士兵们没有回头，全都在挣扎着向前，他们大多数抱着浮冰，半截身子泡在水中前进，露出水面的部分很快就和冰块冻在了一起。

对岸的炮火绵密而又猛烈，战士们一个又一个地倒在了冰水中，但是，没有一个人向后跑。那些中弹的士兵都是正面中弹，没有一个被打中背后。

王凤江冲在了最前面，他一只手举着枪，一只手帮着身边的战士，嘴里还不停地大喊："同志们！争取前三名，上岸立大功！"

接近岸边了，士兵们遇到了厚厚的冰层。此时，从江水中爬到冰面上变成了一件非常困难的事情。身体已经被冻麻木了，又湿又重的棉衣使战士们更加行动不便。江对岸封锁的炮火和机枪的射击更加猛烈，不断有负伤的士兵被江水冲走。

王凤江冒着随时都可能被子弹击中的危险，把士兵们一个个推上冰面。重新上了冰面的士兵迎着弹雨，向江岸跌跌撞撞地冲去。

后续的部队蜂拥而至，从撕开的突破口向临津江南岸纵深……

17时30分，3颗信号弹从临津江南岸腾空而起，在夜空中画出一道红色的弧线。

"突过去了！突过去了！"——六师副师长张锋兴奋地跑进掩蔽部，用电话向师长汪洋报告："我们已经占领南岸敌人第一道堑壕。"

汪洋听到报告也非常高兴，说："干得好，步兵分队发起冲击！"

"立刻冲锋！"张锋向左翼部队下达了命令。

几名战士几乎同时跃出战壕，发出海啸一样的呐喊，向江面冲去。

这时，已经突破南朝鲜军阵地的突进队像尖刀一样，直刺南岸南朝鲜军的防线。后面，志愿军大部队如风卷残云，将南朝鲜军打得七零八落。

经过 13 个小时的激战，志愿军一一六师突入"联合国军"纵深 15 公里，毙伤 1000 多个"联合国军"士兵，胜利完成了突破任务。

共和国的 历程 · 新年攻势

志愿军攻克"三八线"上的天险

四十二军在第三次战役中被部署在左翼集团。他们要突破的地段是永平到马坪里的江面。在这里，山川交错、丛林密布，两侧是临津江和北汉江。

四十二军的右翼是个叫蛾洋岩的地方，海拔264米，虽然不高，但位置非常重要，是通往清平川的门户，而清平川又是加平南朝鲜军撤退的要道。因此，南朝鲜军在这里构筑了有铁丝网和各种明暗火力点的环形防御工事。

战斗开始后，尖刀部队一二六师三七六团二营四连首先冲上去对铁丝网实施爆破。但是，连续上去3个爆破组都失败了。

四连二排副排长李元志急了，紧了一下腰带，一下子扑倒在铁丝网上，铁丝网立刻被压出了一个凹形缺口。他回过头来对战友们喊："快冲啊！我掩护你们!"

胜利突破

突击排和后续部队战士一个接一个地从李元志的身上冲了过去。李元志身上多处负伤，倒在铁丝网上，胸前和肚子被铁丝网划破了无数道口子，鲜血直流。

冲过去的战士们用冲锋枪和手榴弹消灭了南朝鲜军。被南朝鲜军吹嘘为"坚不可摧"的蛾洋岩被志愿军踩在了脚下，"联合国军"的防线被撕开了一个口子。

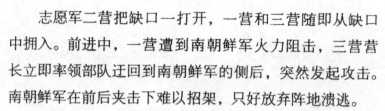

志愿军二营把缺口一打开，一营和三营随即从缺口中拥入。前进中，一营遭到南朝鲜军火力阻击，三营营长立即率领部队迂回到南朝鲜军的侧后，突然发起攻击。南朝鲜军在前后夹击下难以招架，只好放弃阵地溃逃。

三七六团突破后，紧随其后的三七八团进至机山里东南山区，三七七团插到上芦菜洞。至此，第一二六师完成了突破蛾洋岩的作战任务。

四十二军的另一突击力量是一二五师，他们要攻克的是被南朝鲜军称为天险的道城岘。这里地形陡峭、道路崎岖，是易守难攻的天然防线。南朝鲜军在这里利用险要的地形构筑了配套的防御工事，设置了多层障碍，用两个加强连防守。

战斗打响后，一二五师三七四团一营在炮兵的掩护下，首先向1010高地发起攻击。一营在攻击途中遇到无法攀登的悬崖峭壁，不得不改变攻击路线，激战一夜，到次日6时才攻下高地。担任助攻的小分队歼灭了1010高地上的南朝鲜军一个排后，向1010高地运动时也遇到了绝壁，只好回撤。

三七四团攻击受挫，一二五师师长果断地改变主攻方向，由三七三团从341高地向道城岘西面的无名高地攻击。

三七三团一连是尖刀连，连长冯传祥带着全连来到无名高地下。他抬头一望，只见白茫茫的山顶右侧是悬崖峭壁，左边是一条通往山顶的羊肠小道。冯连长思考了一下，决定从南朝鲜军防守较弱的右侧陡壁上攻击。

冯连长派出连里的尖刀排二排，由副连长左宝富率领，沿着陡壁一步一步地往上爬。陡壁又陡又滑，有的战士跌了下去，掉进了深不见底的山谷。战士们咬紧牙关，抑制住悲愤，继续攀登，终于爬上了陡壁。

南朝鲜守军发觉志愿军上山来了，立刻用猛烈的火力进行压制。左宝富带着全排迂回到南朝鲜军侧后，但遇到了一个暗堡，队伍被压在暗堡前抬不起头来。

四班战士白云祥大喊一声"跟我上"，带着身边的梁文忠扑向地堡。两个人爬到地堡边上，白云祥掏出两颗手榴弹，拉火后，说了声"见鬼去吧"，就塞进了地堡里。"轰轰"两声巨响后，地堡被炸毁了。

二排乘势发起冲击，但没冲多远就又被一个机枪阵地挡住了。

梁文忠手握手榴弹向机枪阵地冲去，边冲边喊："奶奶的，老子揭了你的盖子！"这时，一串子弹击中了他，他身子一震，摔倒在地。他抬起头，摇晃了一下脑袋，就又向地堡爬去，用尽最后的力气把手榴弹扔进了南朝鲜军机枪阵地。机枪阵地被炸毁了。

"同志们，冲啊！为牺牲的战友报仇啊！"二排的战士们呐喊着继续前进。

这时，二排只剩下 10 多个人了，他们在四班战士白云祥的率领下，迅速炸开路障，向最后一个口子姜仄峰冲去。

在前进的路上，他们又遇到了一个地堡。通信员李林茂迂回到地堡的后面，往烟筒里扔了一颗手榴弹，炸掉了这个地堡。

道城岘的战斗呈现出胶着状态。四十二军军长吴瑞林当机立断，调军预备队--二四师的两个营加入战斗。

一二四师师长苏克之向吴瑞林保证："道城岘就是铁打的，我也要突过去！"他把三七二团二营调了上去，同时让团作战股长杨芝清直接指挥前卫四连行动。

二营指战员踏着齐膝的积雪，沿着近70度的陡坡前进。在前进途中，他们遇到了三七三团一营一连，杨芝清与四连明确了相互协同行动。二营四连在一连的左翼向南朝鲜军进攻。

1951年1月1日2时，四连摸到了南朝鲜军的阵地前沿，被南朝鲜军发现。南朝鲜军立即集中轻重机枪实施火力拦阻。四连三排迅速展开，集中火力压制。副排长张琪在火力掩护下从侧面迂回到地堡前，向地堡的射击孔扔进了两颗手榴弹。两声闷响之后，南朝鲜军的地堡被炸毁了。

四连一声呐喊，向南朝鲜军的阵地纵深发起攻击，一举攻占了道城岘。三七三团乘势冲进道城岘山口。在两支部队的共同攻击下，"三八线"上的天险被攻克了。

志愿军实施纵深突击

在三十九军进行炮火准备时，临津江峨湄里、月谷里地段，四十军右翼的一一九师的炮兵也开始了猛烈而准确的火力打击。

隐蔽在出击线上的志愿军士兵被炮兵的出色表现惊呆了。只见江对岸的阵地都淹没在猛烈的炮火之中，"联合国军"搭建地堡用的钢轨、汽油桶都被炸上了天，地堡一个接一个地被削平。炮弹引爆了地雷，爆炸声此起彼伏。

当出击的信号发出时，步兵们高呼口号奋勇向前，仅仅用了 13 分钟，一一九师三五五团的突击三营就全部冲上了临津江南岸。

他们的突击速度是这样快，以至于当他们冲进南朝鲜军的掩蔽部时，看到正要开饭的南朝鲜士兵除了被击毙以外，什么也来不及拿就跑得没了踪影。掩蔽部里，火炉上炖的牛肉还在冒热气，桌上的酒瓶已经打开，酒香四溢。

一个半小时后，三营占领了突破口上一个位置重要的高地，从而为后续部队打开了向纵深发展的道路。

一一九师三五六团突破临津江滩头的先头部队中有一营。一营的突击连是三连。发起攻击时，三连的战士们从陡峭的山崖上直接滑到了冰面上，然后不顾一切地发起冲击。遇到铁丝网，就用斧头砍开；遇到雷区，就奋不顾身地冲过，他们很快就冲到南朝鲜军阻击高地的脚下。

他们冲击的速度太快了。冲在最前面的班长毛凤回头一看，发现只有 9 个人跟了上来，更为严重的是，冲击大部队已经被南朝鲜军的火力隔在后面了。毛凤他们10 个人不得不自己面对成群的地堡。

毛凤是老战士了，他决心用这几个人攻击阻挡部队前进的地堡群。他把身边的 9 个人分成两个小组，分头往高地上摸。

摸上高地一看，发现地堡的后面还有一个大暗堡。毛凤果断命令一个小组负责地堡，自己和其余的人攻击大暗堡。

暗堡里，几个南朝鲜士兵正疯狂地射击，一个军官大喊着口令，枪口的火舌把他们脸上惊恐的表情照得清清楚楚。他们全然不知毛凤他们已经摸到了身后。

毛凤小声对身边的战士说："我数一、二、三，数到三就把手榴弹都扔进去！"几个战士掏出所有的手榴弹，捆成几束，然后等待命令。

毛凤刚数到三，几捆手榴弹就冒着烟飞进了地堡射击孔。

"轰轰"几声巨响，从射击孔里喷出一团浓烟之后，里面的机枪再也不响了。

这时，另一个小组也炸毁了那边的地堡。压制冲击部队的火力立即减弱，志愿军的军号立即响了起来，战士们一拥而上，三五六团的冲击通道也被打开了。

——九师的进攻比较顺利，而一一八师的突破就比较麻烦了。

在即将发起冲击的当天，配属给一一八师的炮兵在向前沿开进时遭到美军飞机的猛烈轰炸，只有一个炮兵连到了前沿。再申请重新配属炮兵显然已经来不及了，冲击的步兵只能用手中的轻武器与依托工事据守的南朝鲜军激战。

突击行动进行得残酷而缓慢。因为没有炮火准备，一一八师正面的南朝鲜军几乎在严阵以待的情况下等待志愿军攻击。

一一八师右翼的三五二团和左翼的三五四团的突击行动遇到极大的困难，士兵们不得不用机枪、炸药包和爆破筒与南朝鲜军进行艰难的拉锯战。

尤其是三五二团，他们直到渡江的时候才了解到，突破地段的江面并没有完全封冻。在通过艰难而损失巨大的徒步渡过冰河之后，他们刚刚登上南岸又不幸进入了雷场。雷场里地雷密集，几乎插不下脚，部队又一次遭受伤亡。

从三五二团侧面辅助进攻的警卫连却意外地冲击成功。

在发动冲击前，三五二团为了保存主要的战斗骨干，

胜利突破

专门把一个叫金克智的"反坦克英雄"从战斗连调到了警卫连，以保存战斗力。

出乎意料的是，金克智带领警卫连渡过冰河，破坏了阻挡前进的铁丝网，很快就消灭了一个正在阻击志愿军的地堡。随后，金克智命令在地堡上架起机枪，掩护自己带领士兵沿着交通壕前进，连续拿下了三个地堡，还缴获了一门无后坐力炮。这极大地减轻了三五二团的冲击压力。

因为突破遇到巨大困难，所以当一一八师突破临津江防线的时候，其右邻的一一九师已经向纵深突入了12公里，插到了南朝鲜军第六师的侧后了。

志愿军乘胜勇猛追击

　　三十八军的对面没有大河，只有一条并不宽阔的汉滩川河。但是，三十八军的首长们依然不敢放松，因为在部队冲击道路上横着一座座险峻的山峰。

　　志愿军在进行炮火准备时，一一四师三四〇团的突击队在10分钟内就架起了一座浮桥。部队通过这座浮桥后，仅用10分钟就突破了"联合国军"的前沿阵地。

　　三四二团虽然也准备了浮桥，但直到攻击时间到了，浮桥也没有搭好。突击连连长等不及了，干脆率领士兵跳下了水。

　　战士们拖着沉重的湿棉衣冲上了江对岸，立即对"联合国军"展开攻击。部队的行动非常快，连续占领了3个高地，每个高地都没用10分钟就解决了战斗。

　　直到天空中的照明弹照亮"联合国军"的阵地时，战士们才发现，地上躺着的"联合国军"个个都是大鼻子。他们立刻兴奋地大喊起来："大鼻子！我们打的是美国兵！"

　　听到战士们兴奋的喊声，先头营营长曹玉海也有些吃惊。"联合国军"情况通报上说，前沿只有南朝鲜军，怎么出了美国兵？转念一想，管他呢，美国兵不也被消灭了嘛！于是，他命令二连："不管他，冲上去，端掉美军的炮兵阵地!"

二连战士们穿着一身"冰甲","嗷嗷"地叫着向美军的炮兵阵地直插过去。很快,二连就冲到了美军的炮兵阵地上,战士们用刺刀和手榴弹捣毁了它。但是,二连插得太深了,成了深陷美军阵地的孤军,和营长失去了联系。

曹玉海也为找不到二连而着急,但他相信二连是敢于在"联合国军"腹地单独作战的。于是,他立即命令三连担任主攻,继续向纵深发展,并策应一连和二连。

三连在连长张同书的指挥下沿着通往抱川的公路插下去。前进了有五六公里,战士们发现在左侧半山腰有"联合国军"的帐篷。一班战士副班长首先冲上去占领了山头,可是奇怪的是那里只有工事却看不到"联合国军"。

其实,美军没想到志愿军会这么快就突破了前沿阵地,还在帐篷里睡觉呢。

一班副班长端起冲锋枪对着半山腰的帐篷开了火,帐篷里立刻传出美军慌乱的怪叫声,活着的美军士兵钻出帐篷,没命地顺着山坡逃跑。一班战士冲上去紧追不舍。

三连又向前插了20多公里。天亮后,张同书发现,四面八方都是美军。他们已经插到美军"肚子"里了。此时,三连副指导员已经负伤下去了,三连出现了较大伤亡,只剩下50多个人,弹药也打光了。张同书鼓励战

士们说："咱们剩下一个人也要拼到底啊!"

一排长李树林接受了攻占山头的任务，在带领战士们向山上运动时，从山顶上冒出一个大个子美军吹哨联络，他把志愿军当成自己人了。

李树林暗自好笑，掏出小喇叭"呜呜"地吹了一长一短。美军在二次战役中领教过这种声音，顿时吓破了胆，扭头就跑。

一排顺势占领了山头。随后，张同书又指挥炮手消灭了对面山头上的美军，又指挥一排占领了最后一个山峰。在战斗中，张同书不幸牺牲了。

三连一直战斗到 1 月 1 日 14 时，终于和一连、二连会师。

二营教导员来到三连，听说了三连的战斗情况后很高兴，但听说张同书牺牲时，他难过地低下了头。他鼓励战士们说："同志们，你们向祖国亲人的新年献礼是最贵重的，你们攻击前进了 20 公里，消灭了 200 多美军，我们全营加在一起，共歼灭美军 330 多名。"

三十八军的部队由于突破顺利，前进的速度很快，很多部队和美军搅在了一起。三十八军先遣队插入美军纵深，竟然与溃退的美军并肩行军。

当时，天还没有亮，美军把志愿军先遣队当成了自己人，而先遣队因为混在大批美军中间，也无法堵截美军。于是，志愿军侦察员就用英语与美军士兵进行了一段有趣的对话：

胜利突破

"枪呢?"

"在山上。"

"为什么扔下?"

"志愿军来得太突然了,命都顾不上了,要枪干什么?"

"你们是机械化部队,为什么不坐车?"

"别说了,车早跑了!"说着,美军士兵拿出一张纸一晃,"这是志愿军发的'优待证',你有吗?"

志愿军在二次战役之前释放了一批俘虏,并给俘虏发了"优待证"。想不到,我们的俘虏政策已经在美军和南朝鲜军中开始起作用了。

"志愿军说话算数。你当过俘虏?"

"朋友送给我的。朋友说,被俘后,只要有这个,有吃的,有热菜,还有水洗澡。他多要了几张,比'联合国'那玩意儿管用。"

因为先遣队有任务在身,要不然这些美国兵真就成了他们的俘虏。

——四师后卫部队三四一团在突破前沿后奉命追击。团政委张镇铭已经几个晚上没有休息了。部队一停下来,他就找地方躺下休息。他和警卫员在田野里找到了一个稻草垛,看到一个人夹着地图在那里打盹儿。

那个人弯钩鼻子,高个子,披着一件美军大衣,张政委认定那是团参谋长,于是开玩笑地说:"老郭,你找了个好地方啊!"对方没吱声,张政委困乏至极,往草垛上一躺就睡着了。

部队要前进了，警卫员跑来叫醒张政委。张政委站起来，回头看到那个"郭参谋"还在打盹儿，就走过去说："老郭，你不走吗?"那个人还是没说话。张政委不再理他，转身和警卫员走了。

没多久，侦察参谋押着一个俘虏向张政委报告，张政委上下打量着俘虏，不由大吃一惊："啊！是你?!"原来，这个俘虏就是刚才和张政委一起靠着草垛睡觉的那个人。

侦察参谋纳闷地问："首长认识?"

张政委有些尴尬地说："我这个人好大意，刚才休息时竟把他当成郭参谋长了!"

胜利突破

志愿军突破"三八线"

1950 年 12 月 31 日黄昏，在风雪中焦急观望的彭德怀，终于看到了从临津江南岸升起的一颗颗红色信号弹，他心里顿时像打开了一扇窗户一样敞亮。彭德怀回到指挥所，高兴地喝了几杯酒。

而在汉城，美第八集团军前进指挥所里，告急的电报、电话接连不断，无线电里吵成了一片。

几百公里长的"三八线"上，到处都被志愿军突破。"联合国军"号称"钢铁防线"的临津江防线，志愿军用一个小时就突破了。志愿军和朝鲜人民军具体突破经过是这样的：

右纵队，三十九军在两个炮兵团的支援下，于 31 日 17 时 40 分突破临津江。

军主力于 1951 年 1 月 1 日拂晓突入南朝鲜军防御纵深约 10 公里，占领了大村、武建里地区，并有力地策应了五十军渡江。

三十九军——一七师在前进时，沿途粉碎了"联合国军"5 次阻击，到 1 日 5 时前突入南朝鲜军防御纵深 15 公里，按计划攻占了东豆川西南湘水里、仙岩里地区，割裂了南朝鲜第一师与第六师的联系，但未能控制公路。

四十军——九师在炮兵一个团的支援下，于 1950 年

12月31日18时30分突破临津江，至1951年元旦拂晓前突入南朝鲜军防御纵深12公里，占领了东豆川以西安兴里、上牌里地区，并以一个连占领了东豆川东山，将南朝鲜第六师退路切断，但对情况缺乏具体了解，又将该连撤回，所以形成缺口。

该军第一一八师因配属炮兵第二十九团仅有一个连参战，又遇到南朝鲜军顽抗，到1951年元旦拂晓开始突破敌人阵地，进展不快。

三十八军在炮兵两个团的支援下，于1950年12月31日18时突破南朝鲜军阵地。

该军担任迂回任务的第一一四师坚持白天行军作战，至1951年1月1日12时突入南朝鲜军防御纵深20公里，占领了东豆川东南的七峰山，但在与第三十九军的第一一七师对南朝鲜军构成合围之前，南朝鲜第六师大部已经乘隙南逃。

该军主力突破后向抱川的美军一个团攻击，于1月1日晚上攻占新邑里，抱川的美军南逃。

五十军在第三十九军的协同下，于1951年1月1日2时突破临津江，突入南朝鲜军阵地两公里，占领了紫长里地区。

人民军第一军团于1951年1月1日18时渡过临津江，2日前出击到汶山附近仙游里、坡州里地区。

1日晚，志愿军右纵队继续进攻。第五十军于2日11时先后占领汶山附近的栗谷里、文平里、黄发里地区。

胜利突破

三十九军主力于 1 月 2 日拂晓进至汶山以东梧岘里、梧林里地区。汶山地区的南朝鲜军第一师在志愿军三十九军和五十军的攻击下，于 2 日 12 时南逃。四十军和三十八军到 2 日 17 时先后进至议政府东北一线，突入南朝鲜军防御纵深 15 到 20 公里。

志愿军左纵队四十二军在炮兵一个团的支援下，于 1950 年 12 月 31 日 18 时 20 分突破南朝鲜军阵地。

该军担任迂回任务的第一二四师不顾"联合国军"飞机威胁，在白天继续进攻，在冲破了南朝鲜军的 10 次阻击后，于 1951 年元旦 12 时前出至济宁里以南石长里地区，切断了南朝鲜第二师的退路，并继续向上下南涑地区突击。2 日协同六十六军主力将该地区的南朝鲜军歼灭，圆满完成了断南朝鲜军退路、围歼南朝鲜军的任务。

该军主力 1 日前出至花岘里、中板里、赤木里地区，歼灭了南朝鲜军第二师一个多营，并以一部分兵力继续向加平方向发展进攻。但在志愿军切断南朝鲜军退路之前，加平的南朝鲜军已经南逃。志愿军于 2 日 10 时，占领加平。

六十六军主力于 1950 年 12 月 31 日 20 时 30 分突破南朝鲜军阵地，1951 年元旦到 2 日占领修德山、上下红碛里、上下南涑地区，会同第四十二军歼灭了该地区的南朝鲜第二师两个团和第五师一个团大部和南朝鲜炮兵第二十四营，缴获加农炮、榴弹炮等 30 多门，俘虏南朝鲜军700多人，胜利地完成了预定任务。

为此，志愿军司令部致电祝贺第六十六军取得的重大胜利。

该军向春川方向佯攻的一九八师还在前进中时，春川以北的南朝鲜军即开始南逃。1月2日15时，志愿军进占春川。

人民军第二、第五军团的5个师，于战役发起前越过"三八线"，分别向洪川、横城、原州方向渗透迂回前进，其第十二师于1950年12月31日晨前出至洪川西南新岱里地区，威胁了南朝鲜军后方，迫使南朝鲜第三师南逃。战役发起后，其余部队继续越过"三八线"，随主力向南攻击。

此时，"联合国军"在我连续突击下，第一道防线已经全面崩溃，特别是其右翼已经完全暴露。

"联合国军"害怕志愿军从其暴露的右翼实施深远的迂回包围，使其10多万军队拥挤在汉江北岸，陷入背水一战的危险境地，被迫从1951年1月2日起开始全面撤退，只留下一部分兵力在汉城以北的高阳、道峰山、水落山一线进行掩护。

至此，像无法遏止的雪崩一样，"联合国军"全线大溃败。李奇微决心以身作则地去阻止溃军，把他们赶回前线，但形势是令人绝望的。他后来回忆道：

在元旦拂晓，我乘吉普车想去找这支溃退

胜利突破

的部队。要是可能的话，我想方设法阻止它一个劲儿冲到后方去。

在汉城北面几公里路，我碰上了第一批败兵，他们想尽快南逃到汉城去。他们把武器抛掉了，只有几个人还带着步枪。我把吉普车横在路中心，阻止这条人流，然后设法找出他们的长官来。

以前我从来没有这种经验，我希望以后再也不做这种事，因为要设法拦住一支败军，就等于拦一次雪崩一样……

彭德怀看到"联合国军"无意坚决抵抗，逃跑得很快，有可能放弃汉城或退守汉江南岸，也可能继续向南撤退，就决定乘胜追击，扩大战果。

三、 攻占汉城

● 王连长对一排长说："你就只管往前冲！我带三排沿着公路两侧攻击掩护！"

● "我是中国人民志愿军！缴枪不杀！"赵恒文端着枪威风凛凛地站在公路中间，用枪口扫过敌群。

● 敌我双方的弹道在夕阳下闪闪发光，像流星雨一样密集。子弹击中英军士兵，他们连惨叫的机会都没有，直接就滚下高地。

彭德怀命令全线追击

1951 年元旦刚过，美国第八集团军新闻官发布了战况报告。

报告称：

> 中国军队发动有力攻势，已经在美军防线上撕开了巨大的战役缺口，使以顽强著称的"联合国军"完全崩溃，并严重威胁了通往美第八集团军全部战线的重要补给线。

与此同时，第八集团军司令官李奇微无奈地下令：有秩序地放弃汉城。

在汉城屁股还没坐热的南朝鲜总统李承晚一听就傻了眼，质问李奇微："将军不是讲过，准备长期留在朝鲜吗？怎么刚到朝鲜一个星期，就要放弃汉城？"

李奇微恼羞成怒，他反唇相讥说："总统先生，我只是暂时撤离汉城，并没有离开朝鲜。请看看你的军队在中国人面前的表现吧！除非我们有绝对的指挥权，否则没法同你的军队办成事。"

然后，李奇微敦促李承晚同他上前线，恢复南朝鲜军队的一些信心。为了防止逃难的灾民与军队争抢道路，李奇微立即命令副司令官帕尔默准将，到汉江大桥全权负责交通管制，这次第八集团军几十万人就全靠这座桥了。"你要以我的名义采取一切必要的手段，保证第八集团军源源不断地通过……从 15 时起禁止非军方以外的一切车辆和行人通过，以免堵塞交通。"李奇微说。

"将军，如果成千上万的难民拒绝离开汉江大桥呢？"

李奇微杀气腾腾地回答："那就让你的宪兵向他们头上鸣枪示警，如果还不能阻止，那么就直接向人群开枪！"

李奇微放心不下，亲自赶到了汉江桥头。只见一批批士兵缓缓通过汉江桥，庞大得看不到边的机械化部队从江面上的浮桥上慢慢通过，重型装备将浮桥压入了冰层下的江水……李奇微的心都提到了嗓子眼。

1 月 3 日下午，志愿军司令部的情报参谋向彭德怀报告："收听到美国无线电报话机里要撤离汉城的对话。"彭德怀立刻命令三十九军、五十军和人民军一军团攻击汉城。

中朝两国军队在数百里长的战线上展开了排山倒海般的追击。尽管"联合国军"是机械化，跑得快，志愿军靠两条腿很难抓住大股"联合国军"，但士兵们依然士气高昂，不断扩大战果。

攻占汉城

志愿军跑赢美军汽车轮

1951 年 1 月 3 日凌晨，接到志愿军司令部发起追击的命令，四十二军一二四师发起全面追击。他们的任务是向济宁里穿插。

根据命令，师长苏克之命令擅长攻击的三七二团为先头团，并主张把最优秀的四连放在全团的最前面。

四连连长王清秀接到命令后有些着急，重机枪还没跟上来就命令部队展开追击。王连长之所以这样着急，是因为天还没亮，可是前面的枪声却逐渐稀疏，可见"联合国军"越跑越远了，而且还是乘着汽车跑，部队要想凭借两条腿追上"联合国军"，速度必须得加快了。

王连长对一排长说："你就只管往前冲！我带三排沿着公路两侧攻击掩护！"士兵们在王清秀的带领下，开始了不顾一切的追击。

6 时，四连一排到达了一个叫巨林川的村庄。侦察员报告，村庄里至少有一个营的南朝鲜军。

听到报告，一班长赵恒文想，如果等后面的部队上来再打，这些南朝鲜军可能就跑了。与其这样，还不如先冲进去打一下。于是，一个班的志愿军士兵向一个营的南朝鲜军悄悄地接近。

尖兵首先袭击了南朝鲜军的哨兵，但有一个哨兵脱逃，狂喊着向村庄里跑。赵恒文立刻命令展开攻击。战士们马上从灌木丛里站直了身子，端着冲锋枪一边射击一边往前冲。

此时，南朝鲜军早已成了惊弓之鸟，一听到枪响，立刻就慌不择路地逃跑。南朝鲜军官费了好大的劲才组织起仓促的火力，向黎明中山崖下黑暗的地方没有目标地胡乱射击。

赵恒文估计枪声一响，连长就会带着部队很快冲上来，于是扔下前面的南朝鲜军，大声喊："抄南朝鲜军的后路去！"战士旋风一样跟着班长冲了出去。

到了村后，赵恒文吓了一跳，只见 100 多名南朝鲜士兵正沿着公路拼命地逃窜。因为冲得太猛，一班已经冲进了南朝鲜士兵堆里。吓得晕头转向的南朝鲜士兵没有注意到志愿军战士就在身边，只顾一个劲儿地跑，把一班的战士冲得东倒西歪。战士们只好跟着南朝鲜军跑，希望能跑到前面截住南朝鲜军。一个南朝鲜军官为了跑得更快，把鞋子都脱了，光着脚和赵恒文并肩跑。

赵恒文觉得这样跑下去抓不住几个南朝鲜士兵，就猛地停下来，捡起地上的卡宾枪朝天打了一梭子，大喊："站住！"

听到枪响，南朝鲜士兵哄的一声向路边的沟渠散去，根本没听见赵恒文喊了什么。

"我是中国人民志愿军！缴枪不杀！"赵恒文端着枪威风凛凛地站在公路中间，用枪口扫过敌群。

攻占汉城

敌人这才知道，志愿军已经把枪口顶到自己的鼻子底下。他们立刻就被吓蒙了，趴在地上不知道该怎么做才好。

一个反穿军大衣的南朝鲜士兵站起来，在黑暗中小声地用中国话问："你是中国人？"

赵恒文说："没错，对他们说，倒背着枪走过来，志愿军不杀俘虏。"

那个南朝鲜士兵对着黑压压的队伍说了一通朝鲜话，立即有20多个人过来投降。

接着，赵恒文又抓到了30多个俘虏，总共算起来，他一个人就俘虏了50多个南朝鲜士兵。

这可羡慕坏了五班班长冷树国。他对刚刚赶上来的连长王清秀说，自己一定要当尖兵。王连长就让他和五班跑在最前面。于是，五班沿着两边都是山崖的小公路没命地跑。

公路两侧的山崖上长满了杂乱的树木，树林中不断有溃散的南朝鲜士兵探出头来看，还不时地打上几枪。冷树国一心想抓一大堆俘虏，所以不管这些已经落网的南朝鲜士兵，一个劲儿地往前跑。所以，五班除了干掉一辆往前线送电话线的汽车，就是不管不顾地往前跑。

冷树国的追击速度很快，这让王连长有些担心，势单力薄的五班如果遇到重大情况就麻烦了。于是，王连长带着部队拼命追五班，但怎么也追不上。

这样，从一二四师的整个穿插队伍来看，四连在追五班，二营在追四连，团主力又在追二营。这让一直催促部队急进的苏克之师长有些着急了，因为他看见在巨林川四连一下子解决了那么多南朝鲜士兵，就觉得前面溃逃的南朝鲜士兵的数量不在少数，他实在想让三二七团的主力追上去，加强一下前面的力量。

冷树国所在的五班一直跑在连队前至少两公里。他们跑到了一个叫道大里的村庄前。此时，加上冷树国，这把插入南朝鲜士兵腹地的"尖刀"只有5个人。

经过侦察，五班发现村庄里有400多个溃逃的南朝鲜士兵在休息。这是南朝鲜军第二师三十二团的二营。

5个志愿军战士想起了巨林川的战斗，南朝鲜军已经成了惊弓之鸟，没有战斗力了。于是，他们没有多想，打！

他们分成两个组，从村子两侧摸过去。冷树国爬上一个土坎，探头一看，发现一辆卡车上坐着4个南朝鲜军官，司机已经发动汽车，正要逃跑。

冷树国跳起来，迎着汽车开了枪，4个军官还来不及还击就被打死了。这时，其他4个志愿军战士的手榴弹也甩向了敌群。

手榴弹一响，400多个南朝鲜士兵立刻炸了窝。这种手榴弹的爆炸声他们太熟悉了，一听就知道是志愿军冲上来了。他们毫无目的地乱窜，只想找个地方先躲起来。

冷树国冲进了村庄里的小街，差点和一辆吉普车撞上。车上有部电台，天线很长，还有个身材高大的美国

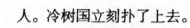

人。冷树国立刻扑了上去。

美国人仗着身材高大，一下子就把冷树国推倒了，然后一边跑一边去摸腰里的手枪。冷树国一个鱼跃又扑了上去，从后面紧紧抱住了这个美国兵。

美国兵还想仗着人高马大摆脱冷树国，但这次冷树国死也不撒手了。不知道从哪里来的力气，冷树国竟然把比自己高出一头的美国兵给抱了起来，摔倒在地。

美国兵从来没见过如此拼命的士兵，吓得呆住了，看着冷树国抽走了自己的手枪，就举起了手。

这时，王清秀带着队伍追了上来，像赶鸭子一样追击四散溃逃的南朝鲜军。王连长迅速扫视了一下，还是没有发现五班的影子。五班见后续部队上来了，就又向前冲了出去。

快到中午的时候，五班到达了一二四师穿插的目的地济宁里。他们站在高处，看见小河边的公路上有几十辆汽车，还有牵引大炮的牵引车。五班势如下山的猛虎，又冲了下去。

冷树国和战友们冲进小河，对面的南朝鲜军发现了他们，射出密集的子弹。五班知道，此时只要速度不减，就不会被击中，于是冲击的速度更快了。

冷树国拦住了最前面的一辆吉普车，用冲锋枪打爆了汽车轮胎。吉普车横在公路上，挡住了整个车队。所有的南朝鲜士兵都被五班勇猛的攻击吓坏了，他们不知道这是小股部队还是先头部队。所有的汽车都在倒车，企图逃跑，结果整个车队挤成了一团。

一辆弹药车被手榴弹引爆了，冲天的气浪把五班的战士们掀翻在地，这正好躲过了到处横飞的汽车碎片。

等王连长带领连队追上来的时候，公路上已经布满了南朝鲜兵的尸体。

王连长问："人都在?"

冷树国说："没有伤亡！就是没有抓住一大堆俘虏让你看!"

王连长说："你这回要立大功了！一是穿插快，咱们师堵住了至少两个团的南朝鲜军；二是你不抓是不抓，要抓就抓个大个的!"

原来，与冷树国搏斗的美国兵是南朝鲜军第二师的顾问，是个陆军上校。

很快，一个故事开始在志愿军中流传开来，说志愿军的铁脚板赛过了美军的汽车轮子，追得美军顾问没处跑。

后来，第四十二军一二四师三七二团四连五班班长冷树国被授予"追击英雄"荣誉称号。

和第四十二军同属左路纵队的第六十六军也打得很凶猛。

六十六军主力部队踏着没膝的积雪冲破南朝鲜军设置的重重火力，突破了国望峰、华岳山、高秀岭等地，向南朝鲜军队的纵深快速穿插，协同第四十二军歼灭了南朝鲜军第二师的三十一、三十二团和第五师的三十

攻占汉城

六团。

第六十六军一九六师五八七团三连连长张续计，在突破国望峰阵地时，一人连续拿下南朝鲜军的5个堡垒，为部队开辟出前进的道路。

五八六团四连的尖刀班，经过5个小时的殊死战斗，占领了华岳山。他们占领华岳山的时间正好是1951年1月2日零时，他们被授予"首破'三八线'英雄连"锦旗。

重创英军来复枪团

　　1951 年 1 月 2 日夜间，志愿军三十九军一一六师三四七团奉命抢占釜谷里，这是通往汉城公路上的一个重要三岔路口。接到命令，三四七团立即分成 4 路，以强行军的速度前进。

　　自从突破临津江以来，部队已经两天两夜没有休息了，战士们都非常疲惫，但依然坚持行军。有的战士在快速的奔跑中昏倒了，实在跑不动的伤员就躺在公路边，等待收容队。

　　3 日黎明，三四七团到达釜谷里。在接近釜谷里的高地上，团长李刚召集营长们开会。他坚定地说："这是一场艰苦激烈的战斗，但我们必须把'联合国军'卡在这里，等待主力的到来。"

　　此时，全团所有人都不知道，守在釜谷里的已经不是南朝鲜军了。根据当地一个老百姓的报告，驻守这里的是一个联队。三四七团认为这里只有南朝鲜军，所以把"一个联队"当成了"一个连队"。

　　其实，三四七团遭遇的是英军第二十九旅的皇家来复枪团。这是英军的精锐部队，以善于打阵地战闻名，官兵的军服上都佩戴着这个团的标记，一只绿色的老虎。

　　与英军首先接火的一营三连越打越感觉不对，这火

力根本不像是一个连的火力。

在三连指挥的一营副营长傅学君根据火力密度判断出，这里并非只有"一个连"，而是整整一个团。而且，从对方的战斗作风可以看出，这不是南朝鲜军，而是英国人。傅学君立即从阵地上撤下来，向团指挥部跑。

这时，天已经亮了。英军发现了傅学君，并向傅学君射击。傅学君胳膊中弹，他跑到一个空房子里包扎了一下，又继续向团指挥部跑。英军的子弹跟着他的脚印打了过来，他的腿又中弹了。当他跑进团指挥所时，已经成了一个血人。

团长李刚听到报告，眉毛拧成了一个疙瘩，他意识到三四七团遇到了非常棘手的问题。

就在他思考时，前方报告说，七连副连长王凤江牺牲了。不久，团指挥所又接到报告，在前沿的师部参谋长薛剑强也牺牲了。

仗打到这个程度已经没有撤退的可能了，李刚把手掌往地图桌上一拍，下定了决心，必须把英军阻击在这里，无论付出多大的代价。

李刚伏在地图桌上研究了一会儿，然后让通信兵传令，让七连连长到团部接受任务。

李团长给七连连长历凤堂下达的命令是：占领公路旁边的一所小学，并把学校周围的制高点都控制起来，卡住公路，坚决堵住英军的汽车。

李团长从地图上看出，控制了那里，英军就等于被关在了釜谷里这片洼地里。

历凤堂和指导员带领排长们首先控制了公路边上的小学校。两个人趴在学校的墙头上一看，只见黑压压的一大片汽车停在公路上。

"汽车是英军的命根子，逃跑全靠这玩意儿。"历连长对指导员说。

"对！只要守住公路守住汽车，英军就跑不了了。"指导员说。

"我带人上去占领那边的小高地，你在这里压阵。"历连长说完，就带领战士们向公路边的一个小高地冲去。部队刚刚占领高地，气还没有喘匀，英军就攻了上来。

英军的炮火极为猛烈，高地上的雪都被打成了发烫的雪水。在炮火下无法修筑工事，战士们就在泥水中抗击英军的一次次进攻。弹药很快就打完了，而送弹药的战士全都牺牲在路上，英军用密集的火力封锁了所有通往高地的道路。

阵地上的情况非常危急。当重机枪被打坏时，连长也负重伤倒下了，阵地上没有了领导。

连长躺在血泊中已经说不出话来，只好用眼睛看着给自己包扎的司号员郑起。郑起读懂了连长的目光，连长想让自己指挥战斗。他对奄奄一息的连长说："放心，阵地由我负责，坚决守住！"

郑起把连长交给一个负伤较轻的战士看护，然后来到阵地上。他大声对大家宣布："同志们，连长已经负伤

攻占汉城

081

了，他让我接替指挥。现在，大家要听我的指挥，我们必须要像连长在时一样，我们一定要守住阵地。"

轻机枪手、共产党员李家福第一个表态说："你指挥吧，我们一定坚守到天黑，为英勇牺牲的同志们报仇！"

重机枪班长也说："对，我们听你的指挥。这挺重机枪你要我们打向哪里，我保证就打到哪里！"

战士们显示出了坚定的信心和对郑起的信任，这让郑起信心倍增。他把所有能战斗的 13 个人集中起来，并把他们分成几个战斗小组，还指定了在他牺牲后接替指挥的人。

英军的攻击在数门迫击炮的轰击后又开始了。公路上的坦克转动炮塔，对高地进行直瞄射击，英军士兵成散兵队形一排排地向高地上冲击。

郑起在阵地上来回奔跑，他不停地大喊："打！打！打胜了明天进汉城！"

英军被战士们冰雹一样的手榴弹砸了回去。

15 时左右，英军一个营在 6 辆坦克的掩护下，发动了第六次进攻。战斗到这时，七连的弹药已经所剩无几。为了节省弹药，郑起指挥战士们把英军放到 30 米以内再打，先扔手榴弹，再用冲锋枪射击。

七连侧翼的一连、三连和八连见七连情况危急，也调集火力从侧面打击英军。英军再一次被打退了。

趁英军败退的时候，郑起到英军的尸体上寻找弹药。英军的机枪跟着郑起的身影来回射击。郑起不断地跳进弹坑躲避，最后，他从英军的尸体上背回来 10 多条子弹带和一堆手榴弹。

当郑起回到阵地，招呼大家分弹药时，他发现只有 7 个人来拿弹药。大家都默默地收起自己的弹药，嘴唇都咬得紧紧的。高地上出现了令人不安的平静，人人都知道，最后的时刻就要到了。

天就要黑了，英军感到自己的末日也即将和夜幕一起降临。所以，他们集中了 6 辆坦克和几倍于从前的步兵发起疯狂冲击。

战斗一开始就进入白热化，英军的子弹像刮风一样扫过来，炮弹把泥水掀起一人多高，高地上到处都在燃烧。双方的弹道在夕阳下闪闪发光，像流星雨一样密集。子弹击中英军士兵，他们连惨叫的机会都没有，直接就滚下高地。

英军终于冲上了高地，七连剩下的 7 名战士端起闪亮的刺刀和 100 多个英军展开白刃战。

突然，郑起跑上阵地的最高点，站在那里，拼尽全力吹响了军号。军号声盖过了枪声、炮声和英军的惨叫声，惊雷一样在高地上激荡。

攻占汉城

这熟悉的喇叭声让英军士兵恐惧了。在他们的印象中，这号声之后总是有潮水一样的志愿军端着刺刀从黑暗中钻出来。

英军士兵突然停止了射击，大祸临头似的转身向山下狂奔。

郑起一遍又一遍地吹着军号，直吹得嘴唇出血，一直把英军吹到了公路上。

公路上已经燃起了大火，英军的汽车在三四七团主力的打击下开始燃烧。

七连以几乎全部牺牲的代价守住了阵地，终于等到了主力部队，把英军这支精锐部队的一个营歼灭在公路上。这支驰骋第二次世界大战战场的英军"绿老虎"部队在志愿军手上遭受重创。

全歼英军重坦克营

1950 年 1 月 2 日 11 时，志愿军第五十军的部队攻占了黄发里并继续向南发展。此时，以美军为首的"联合国军"开始总撤退。

为掩护大部队撤退，美第八集团军司令官李奇微命令英军第二十九旅皇家来复枪团和皇家重坦克营在议政府担任掩护。

在英军的背后，有个叫高阳的地方，它位于议政府到汉城的公路上，既是汉城的锁钥，也是英军唯一的退路。

五十军一四九师在高阳以北一公里处的碧蹄里击溃美二十五师第三十四团一个营的阻击，俘美军 28 人，然后乘胜进军占领高阳，随即向高阳东南的仙游里进攻。

仙游里位于议政府至汉城公路以西，英第二十九旅掩护分队在此阻击志愿军，他们成为英皇家重坦克营的唯一后援。

3 日拂晓，志愿军第一四九师以两个连的兵力展开攻击，仅半小时便占领了仙游里 195.3 高地。这样一来，就把位于佛弥地的英国皇家第八骑兵团直属重坦克营与其英步兵第二十九旅主力分割开了，形成了极为有利的攻歼态势。

攻占汉城

一四九师一面在仙游里死死挡住英军第二十九旅主力，不使其增援，一面抓紧围歼英重坦克营。四四六团迅速对皇家重坦克营形成合围。

英军重坦克营是清一色的"百人长"式坦克，装备着当时最大口径的105毫米坦克榴炮。这样的坦克营英军总共没有几个，因此英二十九旅拼死命也要把他们救出来。从议政府赶来的1000多名英军官兵配合从仙游里退下来的皇家来复枪团残部，在近200门大小火炮的掩护下，轮番向仙游里高地猛烈反扑，但始终没能突破志愿军的防线，最后只得放弃。

3日夜，志愿军第四四六团第二营开始向皇家重坦克营发起猛攻。团里没有任何像样的反坦克武器，步兵完全靠炸药包、反坦克手雷、爆破筒与"百人长"式坦克搏击。

二营五连刚占领阵地20分钟，陷入重围的英军就开始向南突围。

一辆装甲车气势汹汹地扑了上来，可是黑夜里一不留神儿，就从一米高的公路上蹿下来，一头扎进稻草堆里，一时间竟挪不动窝了。

这时，五连的所有机枪都冲着装甲车开火，把车上的机枪压住。步兵们端着明晃晃的刺刀从四面八方冲上来围住装甲车，用半生不熟的英语喊道：

嗨，哈罗（喂），东特安克特（别动）！

里佛特汉兹（举起手来）！

装甲车里伸出一面白旗，4 个吓得面无血色的英国军人高举着双手钻了出来。其中还有一名少校分队长。

5 分钟后，有 3 辆坦克冲了上来。第一辆一路打着曳光弹，第二、第三辆喷着长长的火焰。

这是喷火坦克。志愿军大都没见识过这玩意儿。但志愿军战士们已经明白它们的弱点，这些家伙夜晚行车不敢开灯，根本看不见也听不见外面是怎么一回事儿，那猛烈的炮火全是盲目射击，没什么了不起。

对坦克的攻击开始了。炸头一辆坦克的时候，四川籍战士李光禄所在爆破组的第一爆破手杨厚昭先上，他从沟渠里跳出来，把爆破筒往坦克履带里一插，没插稳，爆破筒在履带里"吱吱嘎嘎"地响了几声，被甩下公路爆炸了。

第二爆破手刘凤岐抱起炸药包再上。由于 10 厘米的导火索太长，放在公路上的炸药包在坦克隆隆驶过后才爆炸，白白腾起一根令爆破手们捶胸顿足的烟柱。

李光禄没时间思索了，他果断地将导火索截成 3 厘米长。3 厘米的导火索，意味着李光禄必须在 3 秒内完成炸药包的点火、投送等动作，并迅速转身、撤离、隐蔽。

前面是英军的火力网，后面是坎坷不平的稻田地，换上世界短跑"飞人"，也未必能逃出 1500 克 TNT 炸药的杀伤半径。

攻占汉城

更为困难的是，点火没有拉火管，火柴又在行军中被汗水打湿了，李光禄和刘凤岐将棉大衣上的棉絮扯下来，到公路边被燃烧弹点燃的草地上点着后，捂回隐蔽爆破手们的沟渠里，再把火种藏在棉大衣下。不但麻烦，还相当危险。

李光禄什么都不顾了，只想打坦克。

当一道炫目的闪光和一声震耳欲聋的巨响把坦克车内4名乘员送上西天的时候，李光禄也被一股热浪狠狠地推倒在稻田地里。随后，就是一块不小的冻土重重地砸在后背上。

李光禄醒来的时候，谷地四野弥漫着浓烈的硝烟味，火光已经映红了半边天。他吐了两口黏糊糊的浓血，费了好大的劲才撑起右肘，侧过身子，把冻土块从后背掀了下去。

不久，李光禄又在营长杨树云的指挥下，炸毁了第二辆坦克。这一次，炸药包是用绑在上面的两枚手榴弹引爆的，时间更短，引爆时间不到两秒钟。他又一次被震晕在坦克车旁。

熊熊燃烧着的坦克将附近的冰烤化了，冰水浸到了李光禄的后脑勺，他昏昏沉沉地感觉到头有些冷，想找帽子戴。可是，浑身软绵绵的，一点力气都没有，骨头仿佛散了架，每个关节都像揳进了无数颗小钉，眼皮像被胶粘住了一样，怎么也睁不开。

他感到口渴，顺手摸了一块碎冰，塞进嘴里，一股清凉的冰水顺着喉咙咽下肚，昏昏沉沉的脑子才渐渐清醒了。

醒了的李光禄又听到了战场上的枪声、炮响，以及那些听得懂和听不懂的叫喊。

"坦克还没打完呢，我不能在这躺着！"李光禄强忍难挨的疼痛，硬撑起身子，跟跟跄跄地回连部取炸药包。

这时，一位战友告诉他，连部也没有炸药包了，现在大家全力对付喷火坦克，已经搭进去好几个爆破组了。

李光禄一听，全身的热血"轰"地一下涌上了脑门："老子就不信打不掉它！"也不知道哪来的劲，瞬间他又恢复了先前的矫健，提着手榴弹重新跃入谷地。

回到谷地沟渠的李光禄，手中只有两枚手榴弹，要打坦克只有爬上坦克车了。

他先匍匐前进到喷火坦克必经之路附近的一道土坎旁隐蔽下来，待它开过来时，突然跃起，从侧后猛追上去，左手抓住车上的铁环，右手握着手榴弹并同时扶住履带上的叶子板，纵身一跳，登了上去。

李光禄还没站稳，突然，"哒哒哒"，一梭子子弹从他腋下穿了过去。

"不好，让狗日的发现了！"说时迟，那时快，李光禄索性扑上车顶，一只手掀开上面的盖子，另一只手把手榴弹塞进了"呜哩呱啦"直叫唤的车内，然后，翻身跳下。

"轰！"一根粗大的火柱从喷火坦克内腾空而起，接

着，一团一团的火球从天而降，散落四周。

顷刻间，李光禄如坠火海，火苗沿着棉裤、棉衣直往上蹿，烧灼他的手脚和脸颊。李光禄冲出危险地带，往雪地上一扑，再就势猛滚，一直滚到距离喷火坦克二三十米的地方，才把身上的火滚灭。到这时，李光禄的力气再也使不出来了。

5 分钟后，又冲上来 3 辆坦克。这种 3 辆一上的战术，完全抵消了一个重坦克集团在机动力和冲击力方面的全部优势，就像一道一道上菜一样，让中国士兵们吃了一道又一道。结果，五连官兵们照方抓药，又报销了 3 辆坦克。

后面的坦克搭载着大量步兵，陆续向五连冲来。五连战士越战越勇，机枪、冲锋枪像刮风一般将搭载坦克的步兵打落在地，爆破手们也不爆破了，纷纷跳上坦克用手榴弹敲打着坦克炮塔，大声喝令英国人赶快投降。

英国士兵们被这种从未见过的战法吓破了胆，纷纷打开炮塔举起手，一动也不敢动。战士们还得把他们一个个地往下拉。拉到第三辆的时候，拉出了一条狼狗，倒把正在拉俘虏的战士们吓了一跳。不过这狗夹着尾巴，早被吓得没了脾气，这阵势它也没见过。

最后冲过来的 3 辆坦克表现得最硬气。这 3 辆坦克上坐满了人，机枪、冲锋枪、卡宾枪、喷火器、坦克炮拼命地扫射、轰击，在周围形成了一堵火墙，但也经不住志愿军战士们一通手榴弹、爆破筒的招待，没几分钟，这 3 辆坦克也给干掉了。

这一夜，五连机枪班副班长李光禄共炸毁 3 辆坦克。

五连打得热热闹闹的时候，第四连、第六连在另外一个方向上把皇家重坦克营给堵住了。

四连战士顾洪运在用爆破筒炸毁两辆坦克后，手中只剩下一颗手榴弹，仍然不顾一切地跳上另一辆坦克，掀开炮塔举着手榴弹喝令里面的英国士兵投降。

英军从来没见过这么打仗的人，纷纷举起手来。顾洪运炸毁和缴获的坦克堵住了英军坦克的去路，其余坦克均被缴获或击毁。

战至凌晨，第四四六团共毙伤、俘虏英军官兵 300 余人，毁伤和缴获 "百人长" 式重型坦克 31 辆、装甲车 1 辆、牵引汽车 24 辆。英军精锐重坦克营，就这么在一夜之间被解决得干干净净，一辆坦克也没跑掉。五连拔了头筹，击毁坦克 12 辆、装甲车 1 辆。

整个第一四九师的战果是：全歼英步兵第二十九旅皇家奥斯特来复枪团第一营及第八骑兵团直属重坦克营，毙伤、俘虏 690 余人。

攻占汉城

中朝军队攻占汉城

1951 年 1 月 3 日上午，志愿军完成了对南朝鲜首都汉城的弧形包围。

此时，美军第八集团军司令官李奇微着急地乘坐吉普车和联络飞机在各个战场间跑来跑去，和所有的军长和师长就战局交换意见。

李奇微听到的意见使自己灰心丧气，所有的军长和师长都异口同声地说，一线部队已经不能再实施有效的抵抗，现在唯一能做的就是继续撤退。

有的还建议说，现在必须放弃汉城，在汉城以南预定的防御线上再组织有效的抵抗。

无奈之下，李奇微向麦克阿瑟报告决定放弃汉城。麦克阿瑟同意了这个报告，并命令部队一直后撤到"三七线"附近。

15 时，南朝鲜总统李承晚下达了"迁都"的命令，汉城立刻陷入一片慌乱，50 万市民在南朝鲜政府的鼓动下大逃亡。

同时，汉城市区里，"联合国军"进行了有组织的破坏，各种军用物资被炸毁，53 万加仑的汽油被点着。

汉城上空黑云压城。

黑夜降临时，冲天的火光和爆炸声把汉城变成了一座恐怖之城。美国记者这样描述当天夜晚的汉城：

　　　　警察已经撤走，汉城成了掠夺之城。
　　　　巨大的黑烟在寒风中飘动，喧闹的机枪声
　　响彻夜空。

　　就在汉城乱成一锅粥的时候，志愿军已经攻击前进
到了汉城的市郊。
　　志愿军的左翼已经到达了汉城东面的横城。
　　深入横城的是志愿军四十二军一二四师副师长肖剑
飞率领的三七二团。这个团在横城附近一个叫静冰厅的
小村里消灭了美军的两辆警戒车。
　　从俘虏口中得知，这是美军第二师三十八团的一个
侦察营。三七二团没有犹豫，立刻扑了上去。
　　美军没有防备，还在居民房屋里睡觉。
　　志愿军士兵一个屋子一个屋子地扔手榴弹，然后用
步枪和机枪扫射，美军士兵被打得狼狈逃窜，死伤惨重。
　　负责攻击美军炮兵的志愿军士兵动作迅速，使美军
不知道究竟来了多少志愿军。美军在逃窜中大部分被
消灭。
　　占领村子的四周后，双方在村子里展开激战，很快
就进行了惨烈的肉搏战。
　　刺刀带着血迹刺入敌方士兵的身体，又拔出，然后
再刺向另一个人。

攻占汉城

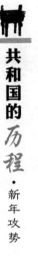

枪托也成了战锤一样的武器，向敌人砸过去。美军的工兵锹很锋利，一下子就能切断人的手臂，志愿军因此吃了亏。

但志愿军很快就还以颜色，用木柄手榴弹狠狠地砸美军的脑袋，脑浆溅了出来，彻底击毁了美军的斗志。战斗没有持续多久，美军被全部歼灭。

1月4日，三十九军军长吴信泉用电话向一一六师师长汪洋、政委石瑛下达向汉城进军的命令。

随即，部队冒着严寒，踏着积雪，披着硝烟向世人关注的汉城急速前进。

长长的行军队列里不时有人问："离汉城还有多远？"

"走吧！别问了，反正越走越近。"

公路上和公路两侧的山坡上、稻田里，堆着炮弹壳、电话线和画着白色五角星的破坦克，到处是"联合国军"丢下的罐头盒与刚刚烧尽的火堆……

一一六师和其他军的部队在前往汉城的公路上相遇了，他们彼此擦肩而过，互相总是说一声："汉城见。"

与朝鲜人民军相遇时，战士们相互用手向前一挥，或是摘下帽子举在手上说："汉城！"虽然双方语言不通，但彼此都同时露出会心的笑容。

第一支进入汉城的部队是三十九军一一七师的侦察队。

队长带领侦察员们穿过汉城边上的一个古树参天的大庙，神速地从东门进到汉城的街上。

他们看见市民们有的正在布置"热烈庆祝汉城解放"的横联，有的正在把"热烈欢迎中国人民志愿军"的标语盖在原来贴的"欢迎联合国军"的标语上。

侦察队长吴凤柱打开报话机向军指挥所报告：

> 5号，5号，我们已经进入汉城，敌人正向南撤退。

三十九军指挥所接到报告后，"马上过汉江，继续侦察前进。"三十九军参谋长沈启贤命令。

军领导立即向韩先楚指挥所和志愿军司令部发了电报：

> 韩：
>
> 军侦察队与一一七师侦察队于今日 12 时进占汉城。我已令一一六师速入城抢占江桥维持秩序。
>
> 吴徐李沈

1 月 4 日 16 时，三十九军一一六师三四八团和三四六团分别从两个方向进入汉城，占领了"总统府"。

朝鲜人民军第一军团和第五十军的一四九师也同时进入汉城。

至此，被"联合国军"破坏得满目疮痍的汉城得到解放。

4 日傍晚，大雪纷飞，志愿军第五十、三十九军各一部和朝鲜人民军第一军团进入汉城。

5 日，朝鲜人民军举行了隆重的入城仪式。为此，金日成发布了命令：

朝鲜人民军与中国人民志愿军协同发起强大的攻势后，已在 1951 年 1 月 4 日解放了我国首都汉城。我军解放汉城是具有重大政治意义的胜利……

要使美帝国主义认识到：现在是他们从朝鲜滚出去的时候了！在这个解放汉城胜利的时候，应当感谢那些在解放汉城战斗中有特殊功绩的所有战士们。朝鲜人民对在反抗美国武装侵略者的斗争中给我们以英勇支援的中国人民志愿军表示极大的感谢。

为了纪念这次胜利，我命令：

今天，1 月 5 日 20 时，在平壤与汉城两地以 240 门大炮鸣放 24 响，进行庆祝！

同一天，《人民日报》发表社论，对占领汉城表示庆祝。

社论同时指出：

中国人民志愿军之所以在朝鲜战场能战胜"武装到牙齿"的美国侵略军，主要是因为他们为正义而战，为爱国主义和国际主义而战，为消灭美国侵略者而战，为使朝鲜和中国人民免于屠杀而战，为朝鲜和中国妇女儿童的安全而战。

　　因而，他们所到之地，救死扶伤，恢复城镇和乡村，恢复朝鲜人民的和平生活。他们的伟大行动，已受到朝鲜人民的热烈欢迎。

攻占汉城

周恩来谈战后形势

1951 年 1 月上旬，英国联邦总理会议提出，"不愿美国政策把联邦连累得太深"，主张另找出路，同中国政府进行停战谈判。

志愿军和朝鲜人民军攻占汉城之后，以美国为首的帝国主义阵营再次发生争吵。

美国国内，失败主义情绪日益弥漫。共和党首脑塔夫脱认为，朝鲜战争的经历是"美国从未遭受过的最严重的失败"。他尖锐地批评杜鲁门政府奉行了"使美国在世人眼中威信扫地的政策"。朝鲜战争进行到如此程度，使美国统治集团狼狈不堪，因而对下一步是撤退还是坚守的战略决策问题，争吵得更加激烈了。

麦克阿瑟在这场争论中首当其冲。作为败军之将，他认为自己蒙受了奇耻大辱，不由气急败坏地逼迫白宫，坚持他的两种选择，要么扩大战争范围，"袭击满洲机场，封锁中国海岸和利用台湾的中国人"；要么撤离朝鲜，"逐步缩小我们在朝鲜的阵地，一直到只剩下釜山滩头阵地，然后再从那里撤退"。

麦克阿瑟认为，美国除了以上两个选择，没有其他的选择。

美国总统杜鲁门和国务卿艾奇逊在这场争论中表示，

美国既不愿意冒扩大朝鲜战争的风险，也不愿意撤离朝鲜，因此，他们断然否定了麦克阿瑟的建议。同时也不赞成英国的态度，认为在战争失利的条件下谈判于政治上不利。

麦克阿瑟对杜鲁门和艾奇逊的立场非常不满，他仍然坚持自己的观点，还和参谋长联席会议进行争辩。杜鲁门和艾奇逊对此大为恼火。艾奇逊说："无须任何证明，我完全相信这位将军已经是桀骜不驯到了不可救药的地步了。"

为了使自己的司令官服从指令，又不伤害战功赫赫的麦克阿瑟的脸面，杜鲁门以个人的名义给麦克阿瑟写信，并派陆军参谋长柯林斯和空军参谋长范登堡到日本，向麦克阿瑟当面阐明政府的政策和战略意图。

在这封信中，杜鲁门强调，美国政府目前在朝鲜战争中所要达到的目的，是尽力守住一个重要地区，如不能实现这个目的，也要坚守朝鲜沿海的岛屿，特别是济州岛。在朝鲜的任何撤退行动，只能是"军事上需要"的后果，美国在"政治上和军事上不应接收撤离的后果"。

国家元首亲自写信，军队最高决策层屈尊会面，麦克阿瑟觉得挣足了面子，就接受了美国政府的指令。

对于美帝国主义阵营的争吵，周恩来洞若观火。

1951 年 1 月下旬，周恩来在中共中央东北局干部会议上作报告，在谈到抗美援朝第三次战役后的形势时

指出:

过去我们说美国是"纸老虎",美帝国主义是可以打败的,但是没有证明。有的信,有的不信。经过我们这一次战斗证明,中国人民不仅能够打倒自己国内的反动派,而且也能够打败世界的反动派。

在 3 个月以前,世界议论纷纷,究竟帝国主义能否打败,世界解放运动是否会受挫折,有些人还在怀疑。3 个月后,情形完全变了,完全使错觉消失了,真理光辉起来了,而且给帝国主义在世界上造成从来没有过的混乱,使矛盾和分裂也因此而加深。

四、 战役结束

● 《人民日报》还在社论中写道："向大田前进！向大丘前进！向釜山前进！把不肯撤出的美国侵略者赶下海去！"

● 彭德怀一巴掌拍到桌子上，说："绝不上美国人的当！我们要当机立断，停止追击，结束第三次战役。"

● 半夜，彭德怀的警卫员告诉彭德怀，金日成的屋子里一直亮着灯光。彭德怀让人送去两片安眠药。

中朝军队追到"三七线"

1951 年 1 月 4 日，中朝联合司令部在攻占汉城的当天，致电左右两个纵队、志愿军各军、人民军各军团，并上报中央军委、金日成，对"联合国军"放弃汉城以后的战场形势进行了分析。

电报指出：

汉城被攻占之后，守敌向汉江南岸撤逃。春川已于 3 日被志愿军六十六军占领，守敌向洪川及以南撤逃。

中朝联合司令部估计"联合国军"下一步的企图，可能是维持西起仁川，经金浦、杨平、汉江南岸的原州、平昌，东到江陵的防线，凭借汉江与山区之险，收拾残部，拖延时间，准备再战。但是如果遭到志愿军和朝鲜人民军的更大打击，也有继续向南逃窜的可能。

中朝联合司令部分析，在这样的情况下，如果让"联合国军"继续据守汉江南岸，控制金浦机场和利用仁川港口维持运输，那么即使志愿军和朝鲜人民军占领了汉城，也随时面临"联合国军"飞机轰炸和炮火轰击的威胁，对准备春季攻势非常不利。

基于这个分析，中朝联合司令部要求志愿军和人民军各部队再鼓一把劲，继续歼灭"联合国军"一部，为巩固汉城，准备春季攻势创造有利条件。

　　为防止"联合国军"据守汉江南岸，控制金浦机场和利用仁川港口，威胁汉城和妨碍志愿军进行春季攻势的准备，彭德怀决定继续歼灭"联合国军"，遏退汉江南岸的"联合国军"，控制金浦机场和仁川港口。

　　为实现这个目的，中朝联合司令部对下一步的作战行动作出如下部署：

　　人民军第一军团以一个师接替守卫汉城任务，主力位于土坪里、仁仓里、墨洞里地区，休整 3 天后准备渡过汉江，择机占领金浦机场和仁川港口并加强防卫。

　　右纵队志愿军第五十军继续前进，出至宏济内里、馆洞、九龙洞及西北地区，并迅速派出一部控制汉江桥，力争占领汉江南岸滩头阵地。查明敌情，积极准备渡江，攻击南岸之敌，配合主力作战。如果发现敌人继续南逃，即尾追至水原待命……

　　第三十八军、三十九军、四十军就地休整 3 天，准备由清平川上、下游渡江，首先攻击杨平之敌，尔后由东南向西北攻击利川、水原、永登浦地区之敌。

战役结束

103

志愿军第四十二军、六十六军和人民军第二、第五军团，继续按原部署合力歼灭洪川、横城地区之敌，然后原地待命，对当面之敌派出侦察警戒，在右纵队发起攻击时，准备配合作战。

接到命令后，志愿军和人民军各部队进行了准备和部署。

5日12时，第三十九军——六师一个连与一个侦察连渡过汉江，深入汉江以南15公里，没有发现"联合国军"的影子，而且汉江已经结冰，人员可以安全通过。三十九军军长吴信泉根据这个情报，命令——六师一个团渡过汉江，并在南岸构筑滩头阵地。

同时，吴信泉还向志愿军司令部建议第五十军连夜过江，其他军不由清平川以东，而改为由汉城南进。

根据这个情况，中朝联合司令部对4日的部署进行了调整，于5日18时发布命令，令第五十军在当晚过江，向水原方向攻击前进，人民军第一军团除留下一个师守卫汉城外，主力抢占金浦，并择机攻占仁川。

当天夜间，志愿军第五十军和人民军第一军团在志愿军第三十九军一个团的掩护下，渡过汉江。同时，第四十军一二〇师一个团渡过汉江，配合五十军行动。第四十二军一二六师向杨平方向派出一个营进行火力侦察，其余部队则原地待命。

五十军过江后，分成两路继续向南追击，右路一四九、一五〇师经果川、军浦场向水原方向追击，左路一四八师经弥巨里、上笛里向水原方向追击。一四九师在果川、军浦场歼灭南朝鲜第一师一部。

四十军一二〇师三六〇团渡过北汉江后，于6日占领广州，并经京安里向金良场里防线前进。到7日，右纵队过江各部队分别占领水原、金良场里。

人民军第一军团过江后，于8日先后占领金浦和仁川港。

志愿军左路纵队第四十二军派出的侦察营在7日和8日先后进占砥平里、杨平、骊州、利川，并于横城西北梨木亭歼灭美第二师一部；第六十六军于5日占领洪川，然后原地休整。

人民军第二、第五军团于7日和8日先后占领原州、横城，并继续向荣州方向追击。

到1月8日，志愿军和朝鲜人民军已经把"联合国军"驱赶到了"三七线"附近的平泽、安城、堤川、三陟一线。

战役结束

彭德怀命令停止追击

1951 年 1 月 5 日，美军第八集团军司令官李奇微悻悻地离开了自己的指挥所，向南撤退。在撤退之前，他把自己的睡衣钉在了指挥室的墙上，在旁边还写了一行字：

第八集团军司令官谨向中国军队司令官致意。

消息传到彭德怀那里，彭德怀却笑不出来。

自从志愿军和朝鲜人民军攻占汉城之后，胜利的消息令国内的百姓们欣喜若狂，奔走相告。两个月内，志愿军在朝鲜战场上连续取得 3 次胜利，这使全国人民史无前例地感受到自己的国家和军队是如此的强大，特别是与之交战的有 15 国之多，比"八国联军"时还要多。于是，骄傲情绪像大潮一样席卷全国。

1 月 5 日，《人民日报》头版头条的消息是"中朝军队发起新攻势，光复汉城向南急进"。

1 月 6 日，《人民日报》头版刊登"中国各民主党派致电朝鲜人民：祝贺光复汉城大胜利"。

1 月 7 日，《人民日报》头条新闻又是"全国各地人民欢庆汉城解放"。

《人民日报》还在社论中写道：

　　向大田前进！向大丘前进！向釜山前进！
　把不肯撤出的美国侵略者赶下海去！

　　北京举行了声势浩大的庆祝游行，这股热浪迅速蔓延到全国。人民纷纷自发捐献出钱物慰问志愿军，各界团体写的慰问信像雪片一样飞向前线。

　　对国内的报道，彭德怀认为不妥，他对身边的人说："我们是陆军一军对敌人陆、海、空军三军，敌人的武器装备占绝对优势，放弃汉城不过是应急措施，肯定还会反攻的，目前我军并无力防守，如果敌军重占汉城，可怎么向祖国人民交代呢？"

　　就在国内庆祝胜利的时候，彭德怀却始终处于极度的疲劳和焦躁之中。甚至，从来没有怕过什么的彭德怀真的有些害怕了。

　　在朝鲜战争后期，彭德怀在回国出任国防部长后的一次作战会议上，对当时的心情回忆说：

战役结束

　　我打了一辈子的仗，从来没害怕过，可当志愿军打过"三八线"，一直打到"三七线"的时候，我环顾左右，确实非常害怕。
　　当时倒不是考虑我个人的安危，而是眼看着几十万中朝军队处在敌人攻势的情况下，真是害怕得很。我几天几夜睡不好，总想如何摆脱这个困境。

作为志愿军最高司令官，彭德怀知道这些胜利付出了怎样沉重的代价。

志愿军主力部队战斗伤亡非常大，很多连队中的战斗骨干损失大半，基层干部的牺牲比例让人心痛。不少部队已经减员三分之一。

彭德怀半生都在打仗，对于部队的伤亡早已经有了承受能力。但是，这三次战役中中国士兵的伤亡速度和数量已经超过了他半生积累下来的情感底线。

更为严重的是，国内的胜利情绪已经传到前线，部队的干部们已经产生了不切实际的"速胜"思想。

前线战士中流传着这样的话："从南到北，一推就完；消灭敌人，回家过年。"而中高级指挥员中则兴起了"一管牙膏主义"。

"一管牙膏主义"有两种解释：一种解释是战争很快就会结束，一管牙膏还没用完就能打完；另一种解释是朝鲜国土是狭长的，像一管牙膏，这场战争就像挤牙膏一样，一推就把"联合国军"挤出了朝鲜。

这两种解释虽然并不确切，但如实地反映了部队上上下下存在的轻敌速胜思想。

各军对这种思想有所警觉，纷纷召开会议统一思想。四十军就召开了这样的会议。

会上，师、团长们都觉得有一种说不出来的感觉。虽然胜利了，但伤亡不小，而且牺牲的都是能打仗的老兵。歼灭"联合国军"不多，三次战役加起来才万把人，和国内战争中一场战斗下来的歼敌数量没法比。"联合国军"的机械化很难对付，一个山头付出了巨大的伤亡之后，冲上去的时候，"联合国军"坐着坦克和汽车跑了。夜间围住的"联合国军"如果夜间不能解决，天一亮飞机和坦克来了，不用说解决了，能不能顶住都是个问题……

四十军把会议记录送到了彭德怀那里，各军也把自己的会议记录交给了彭德怀。看到这些会议记录，彭德怀更加焦躁不安。

多少个夜晚，彭德怀从梦中惊醒，来到地图前苦苦思量。

地图上，志愿军全部拥挤在"三八线"以南的狭窄地区。各部队的报告上，都说部队缺衣少药缺粮食。士兵中疾病蔓延，冻伤的人数还在增加。有一个师已经因冻伤失去了战斗力。

后勤补给线已经延长到 500 公里到 700 公里，加上美军飞机的日夜封锁，运输工具又极度缺乏，前线部队的处境令人极度担心。

如果"联合国军"此时发动进攻，后果不堪设想。

为此，彭德怀在 1 月 7 日主持召开了战情分析会议。志愿军几个主要领导参加了会议。

彭德怀说：

战役结束

乘胜追击很容易，但我们要十分谨慎。第一，敌人虽遭我三次沉重打击，但主力没有被削弱，后备力量很强，技术装备仍占有极大的优势，为什么没有在汉城做拼死抵抗而大踏步撤退？

第二，敌人在"三八线"上及其以南地区有既设的坚固工事，为什么没有做顽强防守，有的部队还未与我接触即后撤？

第三，我军相当疲劳，特别是减员很大，第一线的6个军已经减到21万余人，各军虽然都采取了缩减战斗人员充实战斗连队的措施，但绝大多数战斗连队的员额多者为参战初期的三分之二，少者已不足参战初期的半数。同时由于部队营养不良，经常吃不上饭，在十天半月不见油盐的艰苦条件下连续行军作战，各种疾病增多。

第四，随着战线的逐渐南移，后勤运输更加困难。在敌我力量未发生根本变化的条件下，显然决战时机不成熟。可见敌人放弃汉城后，而且继续后撤，这是醉翁之意不在酒。

洪学智副司令员说："这说明敌人是有计划地撤退，这里有诈！"

邓华副司令员说："李奇微刚刚上任，这个人很狡猾，目前撤退另有企图，一旦我补给线延长，供应更加困难，李奇微就会依仗他们的空中优势，切断我们的后方供应线，甚至可能实施第二次仁川登陆。"

最后，彭德怀一巴掌拍到了桌子上，说："绝不上美国人的当！我们要当机立断，停止追击，结束第三次战役。"

彭德怀同时指出，志愿军的困难越来越多，在短期内不能再发动攻势。在军事指挥上，彭德怀认为，部队在汉城以南停止前进比较主动，因为这里地势北高南低，控制汉江，既可以进又可以守，对志愿军比较有利。

1951 年 1 月 8 日，彭德怀果断命令五十军正向南挺进的一个团转入防御，同日，中朝部队在"三七线"全线停止前进。

经过九天九夜的血战，志愿军向南推进了 100 多公里，不但越过了"三八线"，而且打到了"三七线"，抗美援朝第三次战役胜利结束。

第三次战役是对有防御准备的"联合国军"进行的一次较大规模的进攻战役。

志愿军和朝鲜人民军经过八昼夜的连续进攻，突破了"联合国军"在"三八线"的范县，占领了汉城，将战线从"三八线"推进到了"三七线"附近，向前推进了 80公里到 110 公里，歼敌 1.9 万余人，粉碎了"联合国军"妄图据守"三八线"，整顿败局，准备再犯的企图。

战役结束

毛泽东同意结束战役

彭德怀"停止追击"的命令发出后，立即引起了苏联和朝鲜方面的不解。

苏联驻华军事总顾问扎哈罗夫第一个跳出来表示强烈反对。

1月9日，扎哈罗夫在中国人民解放军总参谋部得知第三次战役已经结束，志愿军已经停止追击后，马上不高兴地说："世界上哪有打胜仗的军队不追击敌人，不发展胜利成果的呢？这将给敌人以喘息的机会，犯下丧失战机的错误。"

第二天，金日成在副首相兼外务相朴宪永和苏联驻朝大使兼军事顾问拉佐瓦耶夫的陪同下，心急如焚地来到中朝联合司令部，与彭德怀围绕关乎抗美援朝战争前途、进程和结局的大战略问题展开激烈的争论。

金日成对志愿军的决定非常不满，认为部队休整时间不宜过长，主张继续南进。

拉佐瓦耶夫指责彭德怀是"军事保守主义"，还说，"在苏军的战斗条令中，没有进攻胜利后停止进攻的"。他还搬出第二次世界大战时，苏军向德军由战略反攻到战略进攻的情况为依据，认为"联合国军"已经被打败了，志愿军和朝鲜人民军连续反攻，只要实施苏军"大纵深作战"理论，不停地向敌人纵深进攻，使敌人没有喘息的机会，就可以用"闪电"攻势把敌军赶下海，解放朝鲜全境。

然而，他没有说苏军自己在总结第二次世界大战经验时的一条经验，"没有空军参战，任何一个大战役都无法进行"。他也没有说，苏军的"大纵深作战"理论是以庞大的坦克和航空兵集群为基本支撑的。苏军在1945年进行的多次反攻战役中，兵力兵器密度达到每公里约300门火炮、30多辆坦克和自行火炮。

但是，所有这些条件，都是志愿军没有的。

此时的拉佐瓦耶夫忘记了，1950年6月，他所制订的乘胜追击的作战计划几乎葬送了朝鲜人民军的全部精锐。

面对这种指责，彭德怀拍案而起："第二次战役我们停止追击，拉佐瓦耶夫就不同意！我难道不想扩大战果追击敌人？可靠两条腿追四个轮子，能有什么结果？我难道不懂乘胜追击的道理？我军历来主张猛打猛冲，击溃敌人后乘胜追击，不给敌人喘息的机会；但是，朝鲜有朝鲜的特殊情况，我军战斗减员和疲劳不说，朝鲜是个狭长的半岛，东西海岸敌人到处都可以登陆，我们的战略预备队上不来，仁川的教训不能重复！彭德怀不是为了打败仗来朝鲜的！"

在讨论中，金日成一再要求彭德怀命令全线部队"继续前进"。对金日成，彭德怀耐心地分析了双方的兵力和对峙态势。

　　彭德怀说："志愿军入朝两个多月，经过 3 次大战役，已经将敌军从鸭绿江边驱赶到 37 度线以南。但志愿军作战伤亡很大，各战斗单位人员体力大为削弱，而且很少得到补充，尤其是战线拉长，运输困难，不能得到及时补充，粮食、弹药和被服都供应不上，多被敌机炸毁。目前，正值冬季，因此，急需休整补充，交通运输需要修复改善。敌人虽然遭到我军 3 次战役严重打击，但是主力损失不大，还保持着海空优势。这次敌人有组织地节节败退，显然是别有用心。美军和南朝鲜军第一线兵力还有 20 多万，已经在平泽、安城、堤川一线布防。我们在这一线歼灭敌人，比把敌人逼到釜山狭小地区有利。因此，我军停止追击，当前进行休整和充分准备，求得下一次战役在这一线更多地歼灭敌人有生力量，这一点非常重要。"

　　彭德怀还说："我军已经很疲劳，又没有制空权，后方供应不上。敌人是摩托化，我军是两条腿，这怎么能追得上呢？而且，如果敌人到朝鲜半岛东南角集中了，又有洛东江阻隔，更不利于我军歼灭敌人。"

　　虽然彭德怀耐心解释，但急于解放朝鲜全境的金日成依然坚持自己的意见。为此，两个人不欢而散。

　　半夜，彭德怀的警卫员告诉彭德怀，金日成的屋子里一直亮着灯光。彭德怀让人送去两片安眠药。

　　1 月 11 日，彭德怀和金日成就此问题进行正式会谈。

共和国的历程·新年攻势

朴宪永说："只要志愿军继续向南攻击，美军一定能退出朝鲜。"

金日成也说："美军要找个借口退出朝鲜。如果我军不去追，美军是不会退的。"

彭德怀说："真的吗？如我军去追，美军一定会退吗？"

朴宪永说："是的。"

彭德怀说："美军既然要退出朝鲜，这符合苏联驻联合国代表马立克所提出的要求。"

朴宪永说："如我军不迅速南进，美军就不会退。"

彭德怀说："你们的依据是什么？"

朴宪永说："美国人民反对，资产阶级内部有矛盾。"

彭德怀说："这是一个因素，但今天还不能起决定作用。如再消灭美军3到4个师，5万人到6万人，这个因素就会变成有利条件。再过两个月后，志愿军和人民军的力量要比现在大得多，到那时候再视情况向南进军。"

朴宪永说："到那时候美军就不一定会退了。"

金日成这时插话说："最好半个月内，志愿军有3个军向南进攻，其余休整一个月后再南进。"

彭德怀终于克制不住自己的重重忧虑，激动地说："你们说美国一定会退出朝鲜，但你们也要考虑一下，如果美军不退出朝鲜怎么办？希望速胜，又不做具体的准备，其结果将会延长战争！你们把战争胜利寄托于侥幸，就可能把战争引向失败！"

战役结束

"志愿军需要休整两个月，休整前，一个师也不能南进！如果认为我这个志愿军和朝鲜人民军司令不称职，可以撤职！你们如果认为只要我们一南进，美军就会退，那么，我提议由仁川至襄阳以北的全部海岸的警备和维护后方交通线，都归中国志愿军担任。人民军 5 个军团已经休整两个月了，归你们自己指挥，照你们的愿望向南进攻。美军如果按照你们的想象退出朝鲜，我当然庆祝朝鲜解放万岁；如果美军不退走，志愿军再按预定的南进计划南进作战！"

彭德怀还递给金日成一封电报，这是毛泽东在 1 月 9 日发给彭德怀的电报。

毛泽东在电报中说：

> 如朝方同志认为不必补充休整就可以南进，则亦提议人民军前进攻击，并可由朝鲜政府自己指挥。志愿军则担任仁川、汉城及"三八线"以北之守备。

金日成和朴宪永看了电报说："人民军没有恢复元气，不能单独南进。"

彭德怀说："那么去试验试验，取得点经验教训也是宝贵的嘛！"

金日成说："这不是好玩的，一试验就会付出几万人的代价。"

性格刚烈，素以大胆直言著称的彭德怀再也压不住心中的怒火，大手在桌子上重重地拍了一下，"砰"的一声让屋里屋外的所有人都心里一惊。彭德怀愤怒地说："战争不是儿戏，不能拿几十万战士的生命去赌博！就这样定了，不南进追击，错了我负责，杀我的头……"

彭德怀的意思很明显：中国士兵的生命也是很宝贵的！

拉佐瓦耶夫被彭德怀驳了面子，在金日成面前下不来台，就向斯大林告状说，彭德怀"右倾保守，按兵不动，不乘胜追击"，他期盼苏共最高领导来干预彭德怀的指挥。

因为这场争论的结果关系到抗美援朝战争的前途和结果，彭德怀也将与拉佐瓦耶夫等人的分歧如实地向中共中央和毛泽东作了汇报。毛泽东、周恩来等中央领导人肯定了彭德怀在争论中坚持的立场。毛泽东还以个人的名义将彭德怀的汇报转发给斯大林。

毛泽东在电文中说明了朝鲜战场的实际情况，指出只有经过两三个月的休整后，才能"最终解决南朝鲜问题"，"才能保障取得最后的胜利"，"不然，我们就会犯朝鲜军队 1950 年 6 月到 9 月的错误"。

斯大林收到毛泽东的电报，立刻回电表示赞成中方的意见。在给拉佐瓦耶夫的回电中，斯大林指出：

彭德怀是久经考验的统帅，是当代的军事

战役结束

天才，今后一切听彭德怀的指挥。

不久，拉佐瓦耶夫被撤调回国。

1月16日到18日，金日成再次与彭德怀会晤。金日成表示，朝鲜人民军单独南进是冒险的，朝鲜劳动党政治局经过讨论，认为中方提出的意见是正确的。这样，这场争论结束了。

虽然第三次战役结束时，中朝双方产生了争论和分歧，但这并没有妨碍双方继续进行合作抗击侵略。

参考资料

《中国人民志愿军征战纪实》王树增著 解放军文艺
　　出版社

《志愿军援朝纪实》李庆山著 中共党史出版社

《三十八军在朝鲜》江拥辉著 辽宁人民出版社

《三十九军在朝鲜》信泉著 辽宁人民出版社

《志愿军十虎将》宋国涛编著 中共党史出版社

《万岁军：38军抗美援朝纪实》吴成槐主编 辽宁美
　　术出版社

《我们打败侵略者》（上）孙忠同主编 北京长征出
　　版社

《抗美援朝的故事》贺宜等著 启明书局

《抗美援朝战场日记》李刚著 解放军文艺出版社

《王平回忆录》王平著 解放军出版社

《抗美援朝纪实：朝鲜战争备忘录》胡海波著 黄河
　　出版社

《血与火的较量：抗美援朝纪实》栾克超著 华艺出
　　版社

《烽火岁月：抗美援朝回忆录》吴俊泉主编 长征出
　　版社

《抗美援朝战争全景纪实》双石著 中共党史出版社

《志愿军将士朝鲜战场实录》林源森等主编 中国社
　　会科学出版社

《志愿军勇挫强敌的十大战役》姚有志 李庆山主编
　　沈阳白山出版社

《伟大的抗美援朝运动》中国人民抗美援朝总会宣传
　　部 人民出版社